附身

李昂——著

獻給先母

影響我最深的人

〔序〕一再的被附身：失樂園及樂園重建

雖然一直住在台灣，更準確的講是住在台北，但前些年積極的花了大量的時間和心力，去「觀看」——即便只能是走馬看花，外面廣大世界的變動：「全球化」形成中的所謂「地球村」。

然後，必然的要再將大部分心力再放回台灣，尤其是離開台北外的台灣。期間作的一些社區、農村採訪，讓我能深入、看到、感受到除了台北外的台灣。而在幾所大學：「中興」、「台南」、「中正」作駐校作家，使我在中部、南部有較長時間的佇留，碰到的人、事，亦有相當幫助深入接續起與土地的淵源。

重回本土本地，並不表示與前些年勤走外面世界無關。而應該要說，是重將重心放回台灣，才發現先前企圖拓展的世界視野，給了重新「看」台灣這土地的不同方式，也對所「看到」有了不同的回應。

如是，方讓我有能力來書寫《附身》。

必得發現，這新近完成的長篇，有一種我過去小說較少見的、我自稱的「放鬆的田園風情」。那些迫切的、一定得訴說出來的「東西」不再；我也不再扮演過往寫作時的強勢掌控者，而任小說作更自在的、有機的發展——這該是我寫作四十幾年後，新近有的一種新方式吧！

而在小說中不再迫切的、一定得訴說出來的「東西」，在這篇序裡，便還是想要明說一下：

誠如本書中角色所言：像台灣這樣的島嶼，百千年來歷經荷蘭、清帝國、日本、國民黨政府所統治，每一個統治，都像是一種附身，島嶼留下一再被附身的印記、傷痕……

台灣島嶼形同被一再附身。

然重大不同的是，多年來繞經大半個世界，對這「重新」接觸到的台灣，更能深切體會走過重重苦難荊藜，島嶼有了今日的民主與自由，即便尚未完善，卻令我真正看到「附身」可以有另種「脫胎換骨」的前瞻意義：

被多重附身可以形成的多元化、混種、創新的可能。

當然也才不至於觸及這類題材必然要被一再囑咐的，僅著眼於「附身」中，西拉雅族，那我們的母親族群過往被壓迫的悲情與控訴。新的觀點讓另一層面的書寫，那關於死亡、生命、傳承的書寫空間得以開展，結尾的「光明」，還真的是過往我的小說裡少見：

一個失樂園及樂園的企望重建！

尤其寫作《附身》的後半期，我同時也在著手一個多年前即想寫的長篇《路邊甘蔗眾人啃》，寫男人的性、權力與政治。有別於寫女性的性、權力的《北港香爐人人插》。

一個我所謂的「後悲情」時代的視野，於焉產生。

當然得感謝寫作期間參與法國、韓國開的國際文學會議，二〇一〇年五月有機會在「多倫多國家圖書館」與艾特伍女士（M. Atwood）同台朗讀；年底十九天在美國八個大學以英文演講「Writing Sex and Politics in Taiwan」；美國ＭＩＴ大學的英文李昂網頁；到今年三月〈彩妝血祭〉（《北港香爐人人插》最後一章），改編成舞劇在德國大法蘭克福地區Damstad國家戲院演出十四場。

這些深入的文化交流，讓我深切體會，歐美「先進」國家晚近幾百年的強勢文化，產生他們所特有的「看」的方式，以及往後對這類作為產生強力的反思與批判。

而一直以來，只作為被「看」的我們台灣，經濟上停留在開發中國家，學習民主與自由中，希圖有更寬廣的視野與空間，心虛也會知道要反省。處在現階段台灣的我們，什麼是我們具創造性、特殊性、在地性的特色？

釐清了這眾多思慮與經驗感覺，得感謝葛浩文先生與林麗君女士，編輯「奧克拉荷馬大學」當代華文學的雜誌的「李昂專欄」。不只英譯〈牛肉麵〉、邀評論，也希望我再作一篇我的自我訪問。

我也因而再作了第二次的自我訪問：「黑暗的李昂VS光明的李昂」，英文版先收在「李昂專欄」，較簡要的韓文版則收在韓文《看得見的鬼》書後。中文版則收錄在「中正大學」開「李昂跨領域國際學術研討會」後出版的論文集中。

經此反思，我有了這樣強烈、明確的體悟：

應該是到了脫離「開發中國家」慣有的悲情、抗爭、激情……

不僅要能走過被壓迫的悲情與控訴，一個我所謂開發中國家的「後悲情」時代還會產生，經此冀望能有更前瞻性、開拓的視野與發展的機會，而仍以開發中國家為主軸，展現台灣文化多元化、混種、創新的可能，讓另一層面的書寫空間開展，不再只是一味的跟隨著西方的文學時潮走。

這是我至深的期待與嚮往。

便誠如書中角色所言：我們，歷經生生世世，身上留下難以抹滅的痕跡。尤其我作為一個作者的能夠創作，這曾歷經過的每一生、每一世，不也是一再的附身?!

那麼，一再被附身的島嶼、一再被附身的我們，在「全球化」中，還會有什麼來附身嗎？下一個來附身的，是誰？是什麼？又會是如何？

或者還要問：

我們如何看待、面對這附身？好來作為下一輪的開展創新。

而如果一如書中角色所言，被一再附身的島嶼也形同在作佈施。只有能夠放下，才能接受到福報。

一個失樂園及樂園的企望重建，或許可期。

李昂

二〇一一年　台北

目錄

第三部／

第一部

兩個母親

1

景香的記憶中沒有父親，但她有兩個母親。

她必然要有一個父親，生理上的父親，否則不會有她。然景香的記憶中基本上沒有這樣的「父親」，或者說，少有父親。

景香以為，在她十分幼小的時候，那種二、三歲的階段，有一張平白的白色大臉，會俯看著她，她相信這便是她的父親，父親是一張平白的白色大臉。

可是她的母親否認。

她的母親，從來不僅不曾提及「她有父親」這回事，還不准景香問及。久了後，在成長的過程中，當景香需要有一個父親時，便歸諸於這一張平白的白色大臉，還加上怨恨的註解：是母親不讓她有父親的印記。

（她當然是有一個父親的，否則怎麼會有她。）

景香的需要有一個父親，成為她中學作文的主題，為她贏得讚賞，之後，也使她成為一個寫作者——景香自己都願意如此承認。

可是也有許多時候，她基本上是不需要有一個父親的，——景香自己清楚。

景香總要追述自己的來源，很快發現十分不易。她連姓的「景」，都是她母親的姓，母親姓景，至於她的名字「香」，可以只是一般給予女子的名字，像淑、芬、娟、婷……無甚特殊意義。

可是小景香問母親：

「為什麼『景』會『香』？『景』不是用『看』的嗎，怎麼會『香』？」

她的母親沒有回應，但眼眸稍略一轉，飛向供桌上無時不燃著的線香。

「哦！」景香說。

景香對「父親是一張平白的白色大臉」也許不能全然確定，但母親與「香」，一直存有記憶關聯。先是幽幽乎乎的香，甚且不知道來源，無所謂「香」，就是氣味，循著就一定是母親。

為了尋到母親，景香能不論在偌大房子的任何所在，聞到母親，再穿山越嶺的奔向她。然後景香會意「景」會「香」，母親是景，母親也是香。

接下來景香漸大，瞭解母親的香相關著「線香」，最後，終於知道母親是尪姨。

更確切的說法應該是：母親是尪姨的助手。如果以男的乩童與詮釋人桌頭的關係來說的話，母親就是尪姨的桌頭。

也就是說，母親是尪姨的詮釋人。

因為母親識字，方能成為尪姨的助手、詮釋人。而母親的尪姨是那一直被景香喚為紅姨的女人。

景香以為除了母親外的另一個母親。

景香基本上承認：她的記憶中沒有父親，但她有兩個母親。

作為一個寫作者，景香還要追述她的出生地方，一定是台北沒錯，這一點母親也不否認，或認為沒有必要否認。景香有的記憶是一間日式的宅院，正確的說是一小處日式宅院，因為她玩耍的地方只有她和母親住的房間外的那一小方院落。

懂事後景香明白那事實上是頗具規模的一棟日式房宅，位於青田街，日據時代原為日本官員居住，連同院落有百多坪的宅院，被國民黨政府接收後，同樣分配給自中國來台的官員，分成兩戶人家，看來還是等級不甚低的中等文官。

母親大概是由分配得宿舍的一戶人家分租到這樣一間「雅房」——那個時代所有對外招租的單間房間，不論是擠在抽水馬桶邊、只有一個小窗、三夾板隔間的兩、三坪大房間，貼在電線桿的招租字條上，都一律稱雅房。而雅房更通常只租女性，單身女性尤佳。

母親帶著她是怎樣落居此雅房，景香並不清楚（母親當然絕口不提）。她一有記憶，就是和母親單獨在此。

然景香一直覺得這是一間雅房，位處正面邊間，原大概作為起居室這類用途，才臨院子的兩面都是長且高的玻璃窗，窗前還有一圈木製窗台，往外推有一尺多，母親常坐在窗台，可是小小的景香用她肥短的小腿極力往上撐，也爬不上這到她胸口的窗台。

她後來才知道這是建築上有名的Bay Window。

她總有這樣的記憶，母親微側著身憑靠在木格的玻璃窗上，雙腿併攏斜置坐在窗台，窗外的陽光透過院落的樹葉，陰陰影影的灑滿母親的一身。

對著窗外發呆的母親仍能如此坐姿端整，可以說是最早，也是最總結的對母親的印記。

母親是舊日時代的美女，不高嬌瘦，斜肩平胸細腰，比例極美，從少女穿的大陶衫，小立領斜襟有腰身，活脱脱台式的鳳仙裝；到日治晚期穿的洋服，腰身極細略蓬長裙；一九四九年「中華民國」來到台灣，再穿回旗袍，這回沒了腰身。

母親一直是這些服裝最好的Model，Model這時得用日文念：莫得露，那的確是個連模特兒都不得暴露的年代。

然中學一年級的景香就有母親的高度，青春期的長手長腳很難與母親的秀致優雅攀上任何關係。

（當然也就無從「裝」得下母親留下的眾多衣妝，包括她最愛的那腰身極細略篷長裙的洋服，許久以來她一直以為公主的裝扮。）

成年後的景香於全世界上四處漫遊，在歐美地區自然有許多房子有這類Bay Window，可是她始終無法維持母親這樣的坐姿久坐。她最愛靠在玻璃窗近牆處，把一隻腳放在窗台上，另一隻腳自然的垂放踏在地上，或兩隻腳一起放在窗台上。

（還好這時候她穿著的可以大半是牛仔褲。）

她一直知道，她不會是母親，也不可能是母親的期許。

景香便一定想到父親，那不知是什麼的父親，卻必然一定存在她的身體內。

2

秀麗的母親帶著三歲的景香，如何回到鹿城，並棲身於「雲從堂」，老實說景香並沒有確切的記印。反倒是，所有母親周遭的人，替她如此歷歷如繪的描述了當時的情景：

母親帶著景香，哀傷的要轉身離去，可是景香怎樣說好說歹都不肯，不僅出聲大哭，還一定要母親抱抱。三歲的景香本就是個長手長腳的孩子，雖然瘦，不高的母親抱來已然吃力。那時刻裡六神無主的母親一定還懷著滿心的怨恨，無論如何就是不肯彎下身來，不要說抱她，連安慰也不肯。

只是緊抓著她的小手要離去。

景香掙脫了母親的手，仍然哭著，但轉身往相反的方向走去。

無措的母親沒料到她有此舉動，一時愣在當地不知如何是好。那怨恨的母親一定也不無心思孩子的拖累，看著孩子哭著一面往前走一面回頭，不曾追上前去。

「妳那時不怕我走丟了嗎？」時過境遷，景香笑著問：「或者我走丟了更好，妳就自由了。」

「就這麼一條路，妳一個三歲的孩子能走到哪？」母親篤定的回說。她沒有走丟，不遠的前面有人彎身抱起她。

「妳一點也不驚，給人抱著，就不哭了，也不怕給抱去賣。完全不識的生份人哩！」

一直跟著景家的彩官，到很老的年歲，自己都兒孫滿堂，每回看到景香都還要這樣說。

彩官更要接說的是：

「那個老頭家，才真的是狠心，不曾看過有作人阿公的，這款鐵石心腸，不看女兒，也要替這個幼孫想，趕妳們走，不就是要害死妳母女。我當時站在一邊，目眶都紅了。」

十分年老的彩官，伸出手來拭拭乾枯凹陷的眼睛，彷彿真拭去當年的淚滴。最後更一定要加上：

「阿彌陀佛，妳前世人燒好香，這世人有保佑……」

不遠的前面彎身抱起她的，是紅姨。

景香沒有這一段記憶，經由旁人轉述的果真是「眾口爍金」，不是金的也可成金。

往後許多年，景香還一直相信，她對抱起她的紅姨雖沒有形樣上的印記，但一直聞到一股香味（她後來更堅信是檀香與花香的結合）。

然後當她成為一個寫作者，她像許多寫作者一樣「記起」了抱起她的人有著十分柔軟但堅實的懷抱，她孩子的頭依在那懷抱的肩頸處，有支柱的將整個頭臉放靠下來，再雙手環抱脖頸，長長的腳垂下來，但臀部會被那堅實的手穩穩的托住。她停下哭泣，近身觸及的軀體火熱的溫暖。

（景香相信那會是一個冷天。）

這部分被證實，走投無路的母親帶著她回鹿城，是個烏魚來汛的豐收日。這樣的日子一定是海邊黑雲滿布九降風盤旋海水森冷的冬日。因為那一日，「烏魚」還成為母親與家裡幫忙的彩官共有的記憶，那種一輩子裡再怎樣都無從泯滅的記憶，那鹿城女人愛說（想必母親也要說）的：

帶到棺材裡都還記得的。

回家投靠的母親，只被「請」吃了一碗烏魚麵線，即出門離去。

「真是夭壽。」一年老了的彩官才敢這般叨念：「那隻烏魚公的，肚腹裡的魚鰾剖給老頭家吃，老頭家最愛吃烏魚鰾，每天吃一付。剩下的烏魚殼，那時根本沒人要，煮給我們下手人吃，大家都還不愛呢！」

母親被請吃了這樣一碗烏魚殼（去魚子魚鰾的烏魚肉，臨海的鹿城人認為沒價值只是「殼」）麵線。

曾貴為家中大小姐的母親，和孩子一起吃了這一碗她父親令彩官煮來的烏魚殼麵線，也心知其中的意思。據說道了謝牽著孩子要離去，家中沒有人，甚且以往十分疼愛她的母親，都不敢出面阻攔。

懂事後的景香終有一天膽敢於問：

「是因為我，才吃那碗烏魚殼麵線吧！」

母親安靜的點點頭：

「我們一早從台北出發，那時火車要六個多小時才到得了鹿城，回到家已是下午。我僅有的錢全用來買火車票，火車上沒錢買東西給妳吃。」

那傍晚時分哭著轉身往相反的方向走、被紅姨彎身抱起的景香，連同母親被帶回「雲從堂」。母親一跪在大堂的觀世音菩薩神像前，據說嘔心瀝血的悉數嘔出適才吃下的烏魚殼麵線。據旁觀者說，那烏魚殼麵線好似全然不曾消化，麵線一條條清清楚楚，烏魚肉還成塊狀。

母親對著觀世音菩薩神像長跪在泥地上，繼續掏心挖肺的嘔吐，最後連膽汁都吐滿一身。

從此茹素不再吃葷。那一碗烏魚殼麵線，成了母親這輩子最後一餐葷食。

那一碗烏魚殼麵線，還不是普通人家吃的烏魚殼麵線，彩官得知要煮這樣一碗烏魚殼麵線給剛進門回家的大小姐吃，心中充滿不祥百般不願。最後，畢竟整天在廚房摸摸弄弄，找來一大塊肥豬肉現炸了豬油，將一大塊烏魚肚煎得又香又油汁汁；還將那天新熬成的雞湯倒出來大半，全用來煨那一碗麵線。

本來還想將雞肉偷藏在裡面，怕一向愛吃的老頭家發現，只有作罷。

果真，老頭家緊盯著一口一口餵景香的烏魚、麵線。彩官心裡還不免要想，對吃一向如此著重的老頭家，在這上頭是無論如何無從欺矇的。

然那豬油煎得又香又油汁汁的烏魚肚，在觀世音菩薩神像前，被悉數吐出來，成一塊又一塊的烏魚肉。那鮮甜雞湯煨成的麵線，一條條清清楚楚，有的還盤轉纏繞不曾咬斷。

那母親吃下的何止是恥辱，究竟是什麼？才得在佛前如此掏心挖肺的嘔吐，最後連膽汁都吐滿一身。那張口狂吐噴張出去的一條條白色麵線，像掙扎著往外泅泳的一條又一條白色小蛇，游過了那周圍著母親的魚肉肉塊障礙，掙扎著往前泅泳過膽汁胃液雞湯的汁液水體……

而彼岸，可就在前方？

就此終生茹素的母親，卻也要在許多年後，方體會出，她當年吐出的，何只是盤轉纏繞、生生世世攀援不斷的冤孽，還應是累世累劫的罪懺。而在觀世音菩薩神像前，她已然一一還清。

就此兩不相欠。

那一年母親二十一歲。

想必是真正走投無路到逢絕境，才會令那鹿城人一向相傳自恃聰慧、驕縱美麗的景家大小姐千鶴，帶著幼女回轉鹿城。

而那景家人人稱畏的老頭家的決定，老實說，鹿城人也並不甚意外。不會讓女兒回家門是四鄰共同的看法，但狠心拒絕未滿三歲的孫女，就讓人以為太過，大夥都不免要這樣說：

「老頭家那款受日本教育，日本時代又作保正，根本就是日本思想、日本人嘛！」

「日本人也不會不認自己的孫。作不對的是女兒，日本人不會如此牽拖。」許多人的說法。

「歹說，」有人反駁：「如是查甫孫，老頭家不一定就認了，查某孫沒什麼用，了錢貨……」

「查甫孫、查某孫攏是外孫，一旦是別人的孫，攏沒差，替人飼這款外姓孫，那有意思。」

「外姓孫？」說的人對這三個字加重語氣：「連那個查甫人是誰攏不知，外姓？姓什麼？」

景香從小就知道她跟著母親姓，還不用小學作文課要寫「我的家庭」這類作文，無從寫下「我有一個爸爸一個媽媽，爸爸姓×名××」，再回家哭鬧。景香從小一直知道，無論如何，不能追問任何有關父親的事。

整個鹿城，再怎樣善道人長短、說是非的婦道人家，進出各式家庭的媒人，都沒有人知曉那在縣城讀高女的景家大小姐，「跟人跑」究竟是跟誰。從學校的代課老師、同學的哥哥、駐紮軍隊的阿兵哥、來勞軍演話劇的戲仔……各式各樣的說法都有，只是沒有人能確定。

不安的、騷動鹿城人心最深處，不約而同推測的是：那個男人是個外省人。那跟著國民黨政府來台、說著不同語言、底細全然無從探知的外省人，是其時許多鹿城人深切的疑慮。

只有外省人，方是老頭家不能應允的底線。否則，就算是門戶不當、就算是阿兵哥、遊手好閒的戲仔，自己也是白手起家的老頭家，不至如此。而那外省人，還顯然一如預期的不可靠，背叛拋棄了不惜為他犧牲一切大小姐。

往後，景香從母親全然不曾留下任何一點可追溯的蛛絲馬跡，任何一點書信文字、照片證件、衣飾用品來判斷，是否是那鹿城人認為的外省人，不可知。「背叛拋棄」，基本上應是事實。才會使這負心背叛的外省人是誰，至少有個名姓（還是她的父親），一直無從追究、無法得知。

景香因而一直以為，她沒有父親，沒有一個足以辨識的父親。

景香一直不能相信，人世上會有一種消失，像她消失不見的父親，能消失得如此徹底。

好似一切全然不曾發生。

（卻又怎樣留下她？）

3

於觀世音菩薩神像前的泥地上，母親掏心挖肺的嘔吐，最後連膽汁都吐滿一身。是烏魚來汛、黑雲滿布九降風盤旋海水森冷的冬日，母親長跪不願起身，冰寒的濕冷內外交相煎，最後昏死在「雲從堂」的佛堂。

鹿城人咸信，當往相反方向走去的女兒為紅姨彎身抱起，母親已然有了不想活的決心。

昏死在「雲從堂」，母親安靜的就是昏迷，彷彿再無能承受心體如此焦煩、疲累已到盡處，而終至於就此要放下今生今世的全數重擔，再無心擔負也不願再煩心。便連囈語夢話都無——再沒什麼要交代，那樣深沉的不醒。

紅姨束手無策，只是一些都不驚慌。

偷偷前來探視的是景香的阿媽月桂，那鹿城人評比為老頭家善心但怯懦的牽手。

日本時代高女畢業的月桂阿媽，有她的堅持，請來「雲從堂」看病的是西醫，而且是畢業自日本早稻田大學的名醫。花了許多時間與心力，醫生醫好了高燒不退的母親，只是，醒過來的母親生命跡象穩定，高燒回來的間隔時間也愈來愈長，到後來甚且不再復發。

卻似從此不再願意醒來。全然看不出病痛，母親只一逕的昏睡，一天裡可以持連的睡上二十個小時。被叫醒時眼睛張開、餵食也張口吃喝，但不被打擾即陷入昏睡。

那樣無怨無悔的睡、睡下去、睡著，沒有囈語也不抽搐、痙攣，好似無夢也無歌。除了不再醒著看不出異狀。

更多的名醫被請來，一開始都是西醫，俱無功而返。月桂阿媽只有妥協，延請中醫，同樣無效。中、西醫各種各式說法都有，不外高燒時間過長，傷及腦子。而彩官堅持：「小姐腦子沒有燒壞，伊只是這幾年太辛苦，睡不夠，現在補眠，睡夠了就會醒過來。」

並信誓旦旦：小姐張開眼睛時，還朝她微微笑好幾次！

而時日過去，月桂阿媽只有讓中醫為長期昏睡的女兒調理。那只是睡著少醒來的景家小姐，外觀上逐漸回復，前來探視的親友們甚至說：

「伊回到像作小姐時那樣水呢！」

仍然存活但昏睡的女兒，明顯造成了景家重大變化。鹿城市中心長條街屋可長達近百公尺、一重又一重天井、院落深宅大戶的吵架，果真可以不為外人知。更可能的是受日式教育的月桂阿媽，那被評比為善心但怯懦的頭家娘，根本不吵鬧（外人才會不曾聽聞），只是就此少搭理她的丈夫。

鹿城人對這個善心但怯懦的頭家娘有此舉動，大呼意外。

頭家娘公然勤往「雲從堂」走動，開始跟著吃素。老頭家則依舊忙於與日本間的商貿往來，自設貿易公司從產地買貨到外銷，一貫作業，不假他人之手。

之後，老頭家顯然看準要賺取更大的錢財，必然得結合政治勢力的運作，開始花時間待在鹿城近郊臨海的一大片魚塭，他致富後買下的家業之一。

在魚塭的工寮，一間新整理出來磚造黑瓦的小屋，屋前原有一個大棚架，架上爬滿絲瓜藤，七月天裡條條絲瓜纍纍，垂掛下來粗壯的蛇般。老頭家在此泡茶聊天，糾結他作過保正的人脈，計畫投入選舉。

日本時代與內地日本作生意累積了在當時算是可觀財富的老頭家，是一個白手起家的商人，他的父親早逝，由寡母拉拔長大。然少有人知道老頭家是一個共產主義的信者，他的共產主義，純粹來自他那個時代的社會良心，尤其與他貧窮的出身有關。從小知道窮人的艱辛，理想的共產主義，為他提供了窮人翻身的幸福遠景。但也因為他的窮困出身，老頭家有他對現實生活的顧忌，也就不曾真正走入為共產主義奔走一途。

他因而逃過像「二二八」這樣事件，雖然他其實十分一廂情願的希望來台統治的是毛主席的軍隊，而不是蔣介石。

而像「二二八」這樣的大屠殺，更坐實了他對國民黨貪汙腐敗不曾與廣大的勞動人民結合，不仁不義、手段殘酷的印象。對那隔絕在海峽對岸的「中華人民共和國」，愈發有想像中的百般美好。

老頭家會和他作保正時信得過的友人私下批評時政，嘲笑國民黨的蔣介石政府：「三十六省跑路到剩下一省——台灣省。」

不願加入國民黨，但作為白手起家的成功商人的務實，他雖認定其時開始興起的反對運動某些價值，但與黨外人士往來、合流仍有所顧忌。不願公然反國民黨怕有所失去，最後以無黨無派自居，開始想投入地方事務。

那當然是個有「台灣省」的年代，務實的老頭家部署的是要選地方選舉的初步職位：鎮民代表，切入的據點是從農田水利會著手。

廣結善緣是首要，在鄉鎮間這部分建立在與人搏感情，老頭家在他魚塭的工寮新整理的小瓦屋，在屋前架上爬滿絲瓜藤的大棚架下，隨時讓訪客來泡茶聊天。逢吃飯時間，他煮的菜分量都很大，分下去每個人都吃到，在那個普遍仍窮困的年代，為他贏得

「員外」的美名。

早年貧困養成他巧手善工藝，作過總鋪師助手習得一手好飯菜。但畢竟絕非出手大方的「了尾仔」這類，還相當小氣，老頭家的便飯果真是「便飯」，絕非流水席，就是是日從魚塭抓到什麼魚、蚌，田裡有什麼菜果、雞鴨，就拿來入菜。

除非利害相關，實在相當小氣的老頭家，唯獨對吃十分大方，大概因著作過總鋪師助手，煮飯菜每每量大。對此他只是簡短的解釋：煮東西要到一個量才會好吃，煮大鍋量多，加溫的速度自然比小鍋一兩塊食材慢。慢火長時間加溫，煮出來的東西，才會好吃。

原來一大鍋一、二十塊肉，與一小鍋一塊肉，加溫起來是不一樣的。同樣是小火，但對於一、二十塊肉，與一塊肉，火的感覺並不一樣。

據説老頭家熬一鍋湯，可以花上五、六個小時，大概每個小時去嚐一次，到了最後，可以分辨出那一口湯，是第幾個小時熬出來的。

煮飯菜每每量大的老頭家，為他贏得「員外」的美名。他煮的至少可供二、三十人吃的「絲瓜鹹粥」，更是遠近馳名。那一大棚絲瓜，在往後更多選舉時的宣傳照裡也上了鏡，老頭家上身是那時代夏天也可穿出門的一種麻製白汗衫，與一群作工人在棚下聊天，吸引了連第一代剛從美國回來的歸國學人都來探訪。

4

母親逐漸的醒了過來已是一年多後，她不再只被喚醒、吃飯、吃藥的時間睜開眼睛，而會斜躺在床上看著窗外小土崙上的合歡樹叢。那合歡樹是鹿城女孩子們的「粉撲花」，紅色放射狀的無數細細花蕊是柔軟的雲朵的夢想，來棲息在女孩子們嬌嫩的臉面上。

一年多以來跟著紅姨的景香，時會被帶到母親病床前，然母親甚少注意。先是大部分時間沉睡無從理會，醒過來後的母親也只淡淡的看女兒一眼，轉過頭去繼續將視線放在那紅花樹叢。

「也不知道有什麼好看的。」被留下來照顧的彩官說。

紅姨瞄眼那紅花樹叢，不知看到什麼的心領神會的笑。

情況持續，醒過來的母親除了睜開眼睛意識清楚，和睡著時無異，她似乎已失去任何行動的意願，真正是如槁木死灰，甚且連念頭都不願多轉，只是一片純然空白。

直到有一天，景香例常的被帶到母親病床前，紅姨要她叫「媽媽」，四歲多的景香居然對著轉過頭來看她的母親，出聲喚：

「姨姨。」

屋裡的人全愣怔住，一時沒有人出聲。母親緩緩的將頭轉回去繼續將視線放在那紅花合歡樹叢。

隔天，彩官送來洗臉水，發現母親端正的坐在床沿，梳理一頭已長至及腰的長髮。

紅姨

1

好幾十年前，鹿城人們這樣說，但究竟是日本時代還是民國幾年的好幾十年前，又說不清楚。總之，好幾十年前，突然之間紅姨用牛車載著「一間厝」出現在鹿城，的確如演電影默片時代辯士愛用的：未演先轟動，造成了不小的震撼。

有很長的一段時間，鹿城人們公開場合甚且不稱她紅姨，喚她「帶一間厝的」。

「那個帶一間厝的。」人們這樣說。

紅姨用牛車帶一間厝來鹿城，那「一間厝」究竟是什麼厝，可以用牛車帶來，所有這些，隨著時日過去及某種未知的緣由，眾說紛紜，連好奇的景香都探問不出頭緒。

那一年景香已是中學生，和月桂阿媽、母親一樣，中學讀的是縣城裡的女中，那日本時代就成立的「高女」。景香雖不曾努力讀書，參加考試仍考上，圓了景家三代都讀高女的美名。

可是景香不認真讀書，她想寫作，而且想寫紅姨和她帶來的那一間厝的故事。仗著紅姨的寵愛，景香不顧所有人的勸阻，瞞著母親直接去問紅姨。而從來不曾，她第一次看到了盛怒的紅姨。

景香幼時記憶中原就粗壯的紅姨雖不高，經年紀後顯肥碩，「像一座會移動的塔」，景香在她的故事裡這樣描繪紅姨，久了後也不記得是自己創造出來的句子，或從哪裡看來再組合成的。

這一座「會移動的塔」有一顆極大的頭顱，除了雙眼皮厚重的大眼，較常人高的鼻樑，還有著很高很高的額頭，那額頭又寬又高，髮線盡可能的往後移，來到「頭頂的前三分之一處」才開始有頭髮——這句子景香確定是自己創造出來的，因為不曾看過有描寫這麼高又凸的額頭。

加上曬焦了似的膚色，這大頭顱便像一顆前凸的卵石，飽滿的可以敲開一切似的。

而盛怒的紅姨俯下她的大頭，又高又寬的額頭朝前激凸，上面布滿一條又一條因大張眼睛鼻孔而揚起的皺紋，張大的眼睛巨大若牛鈴、深陷的皺紋似銘刻其旁，整個臉面便像面具一樣凝止住，更顯出眼睛鼻孔嘴巴在噴出氣——像火一樣的氣，火氣？還混著如地震時低鳴的咆哮聲。

（景香甚且覺得剎那間紅姨真的噴出紅色的火光，這樣的一張臉面，因何如此熟悉？這怒相一定曾在哪裡經歷?!）

驚嚇中景香轉身跑開，那不曾得到答案的一間厝，就愈發顯得神祕。

紅姨是鹿城人口中的尪姨。這尪姨在幾百年前已十分漢化的鹿城，原指的是一般鄉里之間會替孩子收驚、能化解一些不祥之物的女人。也有法力更高深的尪姨，能作「牽亡」這類法事，讓亡靈在自己身上附身，帶領著生者與死者溝通、解決未了的心願。

方會有「牽尪姨、補雨傘」之說，基本上尪姨指的是「作陰的」，也就是理處死後世界的女人。

可是這帶一間厝來鹿城的，雖然也替孩子收驚、化解不祥，卻完全不作死後之事，她有的法力，足以「喬」更大的事情，又不像是男人的乩童。人們不知如何稱呼她，其時也沒有「查某乩童」、「靈乩」這類名稱，只有含糊的喚「那個帶一間厝的」，久了，不知何時、因何，開始叫她紅姨。

（基於不知是害怕被報復或其他緣由，鹿城人們只有私下會喚她為尪姨，還得只有三、兩人低語時。有鹿城人甚且以為，紅姨原來不叫紅姨，後來稱她紅姨根本是尪姨的轉音，為了不敢公開喚她尪姨。）

不論紅姨原叫作什麼，可以確定的是好幾十年前，她用牛車帶一間厝到鹿城，就棲身在離海較遠的一處小土崙上。那地方沒有水灌溉無法種植，砂石地上長滿孩子們最愛揀來玩耍的「雞母珠」。這豆科相思子屬的植物有對生的細細羽狀複葉，結的果大小如豆但滾圓堅硬似石：雞母珠，一邊是豔色的正紅，另一頭是黑色。

這同體一紅一黑的圓物看來十分詭異的美豔，那樣強烈衝撞的對作，因而有人稱它為相思子，用來聊寄相思（相思果真就是這樣強烈的衝撞）？鹿城人相傳它有巨毒，只要咬破，大如牛隻誤食亦足以致命。而雞母珠可長達兩、三公尺的細莖會攀援在其他植物上，有它覆蓋生長的砂石地，別的也就長不出來，小土崙便被廢棄了。

（相思果真也足以致命？）

紅姨在這小土崙上棲身下來，於平坦的一處向海的高處，將那帶來的一間厝搭建了起來，之後並掛上「雲從堂」三個字的字牌。

「那牛車帶來的一間厝呢？」好奇的景香一定追問。

「拆掉了，才有你現在住的這間。」

「喔！那一間厝生作什麼樣子呢？」

彩官搖搖頭：「太古早了，沒見過。」

「那牛車呢？」景香想想又問。

「囝仔人有耳沒嘴。」彩官無奈，但不得不承認：「是啊！牛車哪裡去了？」

往後自以為找到答案：「大概駛回去了。」

「回去那裡？」

「回去山內。」這回彩官明確的說。

跟著牛車帶一間厝來的紅姨，來自「山內」，島嶼的中央山脈。這從紅姨曬焦了似的較深膚色可判定。然她說得一口如此純熟的閩南話，鹿城人很難立時安到她身上這樣的稱謂：「蕃」。

「要不，就是熟蕃啦！」景香聽過有人小聲的同彩官說。

從山內來的女人經年累月一身白色的衣袍，宣示出她的不同，鹿城人知道這類女人會作「小人」、放咒、下蠱……一開始不敢靠近。直到傳言不知從何而起，這「帶一間厝來的」善治女人的痼疾——不是醫好了媽祖宮口那個賣蚵仔的阿梅，伊尪不知從何傳給她那一身病，聽說下面爛到沒有一處皮膚是完整的。

方有女人們前來走動，雖然掩掩藏藏卻愈來愈多。

而這帶一間厝來的紅姨，更展現出她高強的「辦事」法力，替孩子收驚、治不明病痛，十分有效；連尋人、找失財，依她指示的方向，也都大致有收穫。更震驚鹿城的是有一回她突然「靈感」上身，對外預言幾個為日本人到南洋打仗、終戰後不知去向的鹿城子弟將會回轉，要他們的查某人且慢改嫁。

後來幾人果真經由國外團體幫助回抵鹿城，雖然其中一名已瘋了。

在鹿城造成了大轟動。

「雲從堂」有了名聲在外，香火錢不缺，改建慢慢的一直在進行，這「帶一間厝來的」對建屋似乎特別有本事，一步一步的，也完成「三間面」的磚面土屋。立面柱子用磚塊壘成，其餘的牆仍是土塊，三間立面都開著極大的窗，鹿城人不免嘮叨絮說：果真是山內來的，哪有人開那麼大門窗。

「三間面」中央一間，從大門窗即可見裡面內供著一尊觀世音菩薩，因為被認為手執有樹枝（楊柳枝）、手托寶瓶（內有淨瓶水流出），人們樂於以為是觀世音菩薩，否則木刻的神像，工匠也未細雕，模模糊糊就只是一尊女神像。

那一日烏魚來汛的豐收日，海邊黑雲滿布九降風盤旋海水森冷的冬日，景香哭著轉身往相反的方向走去，不遠的前面為紅姨彎身抱起，和同母親被收留回「雲從堂」，來到的，便是這「三間面」的小磚土屋。而母親長跪在泥地上，掏心挖肺的嘔吐，最後連膽汁都吐滿一身，對著的，就是這尊觀世音菩薩神像。

母親和景香被安置在右邊的房間，高燒的母親為月桂阿媽延引畢業自日本早稻田大學的名醫來此醫治，以善醫小有名聲的紅姨一直沒說什麼，當母親昏睡不醒，醫生們束手無策，紅姨卻一些都不驚慌。

不知如何是好的月桂阿媽最後只有求助紅姨，紅姨自然的笑說：

「給伊睡，睡了就醒。」

紅姨先天上「大舌」——口吃，不是十分嚴重連話都說不清楚，但因此減慢了說話的速度。不像一般形容的「大舌愛啼」愛說話，反倒如鹿城人所說：惜字如金。這「給伊睡，睡了就醒」七個字，據說還是她那一天講最長的一句。

母親嗜睡的昏睡了一年多，少醒過來的母親卻愈睡愈「水」，似真如彩官所言在「補眠」，紅姨的照料自是不可或缺。

那頭家娘月桂阿媽，雖被評比為善心怯懦，卻是鹿城出名的會攢私房錢，人們口中的「有一好無兩好，恬恬會吃三碗公」。她拿出私蓄，維持女兒、孫女在「雲從堂」所需。而且，資助「雲從堂」翻修，景香懂事後，那「三間面」的小磚土屋，立面貼上有花有草的磁磚，這美觀不損毀的磁磚，是鹿城子弟在外賺了大錢回來修「樓仔厝」洋房，才會花工本貼的，不僅昂貴，說是還得由國外進口。景香小時候玩耍的佛堂，地面上也早鋪上六角紅磚，不再是泥地。

當然也建了延伸的廂房，供女兒、孫女居住。

大半時間呆在魚塭的老頭家，算是睜一隻眼閉一隻眼的容許了這些，但要女兒、孫女「回家」，真的是「門」都沒有。白天月桂阿媽能來「雲從堂」，老頭家尚可裝作不知，但晚上，還是得回家。

留置在「雲從堂」的景香深得紅姨寵愛，瘦巴巴的小女孩被認為先天不足，經常生病一身手腳冰冷。紅姨親自照料，夜裡會被搗在懷裡睡，就算冬夜自海岸盤旋到來小土崙的九降風森冷刺骨，紅姨暖呼呼的懷裡，可是暖勝爐火。

景香往後回想，還不用靠著要寫作的想像，都深切記得，紅姨睡時永遠側睡，不用枕頭。她那顆飽滿像前凸卵石的大頭顱，一放下到草蓆上，便穩穩枕在右手胳膊彎裡，如此側睡便能將她擁在懷裡，一覺到天亮。景香有次問她為何一直側著身子睡，紅姨回答：

「要出入卡方便。」

景香從小是個睡覺時「鬼鬼神神」的孩子，常夜裡不知怎就醒過來，看紅姨也會翻身，翻過身仍側睡，但不多久即又翻回。

翻身時看到景香張大著眼睛，也不知醒了多久，黑暗中晶晶亮亮好似恆久以來一直都在那，紅姨小小聲同她說：

「啊！翻個身就幾個時辰。」

閉上眼睛，呼呼的立即傳出呼息聲。景香便也心安的繼續睡去。

原不覺怎樣，時日過去，景香對許多事有所知會，逐漸體意，當紅姨說「要出入卡方便」，指的不是她人真的要下床出入，而是能自由出入她自身的形體，到外面無止無盡的雲遊。側著身子對出入形體的確比較方便，景香想，免得「靈」還得側過身才起得來（「靈」是不是一樣得用手撐一下？）。

而回來時發現不過像只是翻個身，卻是幾個時辰就過去了。一整個晚上不過只在幾個翻身之間！

便想與紅姨一樣側睡，好「出入卡方便」，然沒有人知道景香是否果真能和紅姨出去神遊，只聽得她一下子說她「夢」到這夢到那（大人們不相信小孩會作夢，還能記得「夢」）。

能確知的是景香逐漸長大，悸動著更感到側睡的將自身納入懷裡的紅姨，在外出去神遊時，仍以暖熱的肉身摀著自己，擁著、抱著、呵護著、照顧著、守衛著……

那樣肉身軀體安然的依靠，放心的可將一切交付。經常手腳冰冷的景香如果獨睡，蓋在被子裡身體半天還是暖和不起來，側睡的紅姨不僅要將她擁在懷裡，還要把她孩子的雙腳夾在自己的腿裡摀暖。景香直到長大，都一直留有著那樣被圈圍、包覆，舒適溫暖的感覺。

（啊！更神奇的是紅姨以暖熱的肉身護衛著自己時，她事實上外出去神遊。而出了形體的紅姨，便有著由外觀照的全面守護，那樣「在上面」的守護。）

景香作小朋友的時候讀許多童話，看到的尚只會是「賣火柴的女孩」點燃一根又一根火柴時的美好景象；她也相信故事書裡失去母親的小孩，母親仍可在天上往下看的照顧孩子。現在，紅姨仍在，不曾失去的就睡在身旁，而紅姨不用在天上，卻又能外出神遊的由外守護著她，——那般一如神蹟、永恆的眷顧。

啊！有什麼會是更勝於此的神奇玄祕的照護與慰安？

長大的景香要成為一個寫作者，發現自己無論如何都無法用文字來形容，那肉身仍摀暖著自己、外出神遊的紅姨懷裡溫暖的——神祕的悸動。

而終於，母親較長時間的醒了過來，紅姨牽著女兒的手前來，母親聽到女兒疏遠生澀的開口叫她：

「姨姨。」

立時被制止了，要她叫「媽媽」，小女孩哇一聲哭了起來。

紅姨解説景香與她有幾世因緣。

然有些鹿城人們促狹的說：

抱起這哭著往相反的方向走的囝仔，如同彎身抱起一隻金雞母。

2

事實上，「雲從堂」屹立鹿城數十年不倒，最少為外人明言的，相傳是紅姨得了「換花栽」的真功實力，只要她願意，信者夢想成真。

景香自小也有幾次見到紅姨作法「換花栽」。不似有些神奇祕數，靈降後每有暴烈場面，更傳言有人親眼目睹紅姨吟唱請神時眼珠咕嚕咕嚕轉動、倒在地上惡聲大叫，神靈附身後像屍體一樣的躺著，五、六個力壯男人都搬動不得。周圍人這時候更會不能自禁的哭泣流淚。

然也就表示神靈來到。

到景香長大懂事能看的這「換花栽」，雖然神奇奧祕不隨便由外人得知，但作法時不知何以空氣中始終帶著一股香息，一種只有女人們之間祕密聚集的鬆弛喜意。

（置身其中，她們必得都相信而且齊願意投入——查某人之間的祕密。）

景香以為，這也是母親容許她在一旁觀看的緣由。

當然景香知道，如若她不是查某人，也無從旁觀。辦這事，一定全場淨空，只准查某人，不論老少都可在場。但唯一能在現場的男人——僅有那「事主」孩子的爸，一開始還得遠遠站到一旁。

在最早的時候，女人們帶來俗稱圓仔花的紅花，一看到有女人遮遮掩掩的帶上來圓仔花，而且一定只有是紅花，景香知道要「換花栽」了。

那圓仔花一向有「圓仔花不知醜」的花名在外，女人們也普遍知曉，當有人對著說「圓仔花不知醜」時，是嘲弄她們不知道自己像圓仔花一樣，不知道自己長得醜。

遍地四處可生長、開花的圓仔花，不只不知醜，甚且被認為臭賤，它有那強勁的遍生能力，屋簷下、灶腳、豬槽、糞坑旁，都可見花蹤。

就是一坨孩子拇指大小的橢圓椎型紅花，橢圓錐形方被稱作「圓仔」花吧！那花不似大多數花朵有柔嫩的花瓣，只是整個橢圓錐體由難以數計的極小、極小堅硬花朵構成，摸來扎手。

是這扎手觸感使得四處放養的鴨鵝豬仔都不愛吃，方得以保全身家性命？或者圓仔花真有那麼「醜」，因為醜無人要採摘才四處可見？

於童小的景香，圓仔花可是扮家家酒時的最愛，鮮紅花坨隨手摘來加上綠葉，是新娘最好的捧花。最重要的，還可以玩很久都不致弄壞，不似那花瓣張開像跳舞的跳舞花大紅朱槿，嫩薄豔色的大片花瓣如此美麗，但輕易就都是折痕。

（真是不堪玩弄。）

直到大人笑她「圓仔花不知醜」，她才不再拿來戴在頭上、插上衣襟。

「雲從堂」裡也種圓仔花，但大部分都是紅色，偶有種在盆子裡的白花，不僅不許景香隨便摘折，還有人特別處理，不知怎的就不見了。景香原就不喜這白花，無色又單薄，白得不見歡喜，又白又醜可真是禍不單行，也就由它。

只很奇特的是，白色圓仔花在不見之前，怎樣都長不旺，永遠是孤孤單單的那幾叢；不似紅花，隨便棄置，就是長滿「雲從堂」四處。

景香以為「雲從堂」紅色圓仔花花滿，是因著每回有女人遮遮掩掩的帶上來圓仔花（一定只有是紅花），景香知道她們是來「換花栽」，而結束後紅色圓仔花會被棄置下來——啊！怎麼都是被拋棄。

她喜歡觀看整個過程中紅姨會在「雲從堂」菩薩神像前的空地上，踩著一種奇特的腳步川行迴繞，口中還會吟唱著不知什麼詞曲，或急或徐，有時拉長著尾音一再重複，便繚繞在小土崙上，餘音環響。

不知是那曲音或詞語的關係，說話會略「大舌」——口吃的紅姨，這時候字曲順暢從胸膛湧出，好似她原有的口吃只為著說不習慣的話語，而今回復她原有的語彙，源源不絕不曾打結不會中斷，就這麼一路吟唱下去，大半小時不曾稍停。

配合著這時或念念有詞時或吟唱，紅姨雙手拈指，肥腴的指頭有若一朵盛開的富麗花朵，隨著腳踩的步伐，變換各種姿態。

有一回不知為何，紅姨整場踮起腳尖，足足以腳尖繞行舞動一個多小時。而被景香形容「像一座會移動的塔」的紅姨，如此龐重的身軀，只由兩點腳尖撐著，有如插在筷子尖端的一大團肉圓，巍巍顫顫，但卻能像一隻轉動的陀螺，靈活順利的滿場飛舞，還出聲吟唱，舞轉得愈快愈疾，聲音也就愈高亢尖銳。整個小空地便有若空氣都震動起來，被籠罩入另種波長氣場之中。

紅姨則一直雙目半睜，眼皮低垂，明顯的進入了一種神入的狀況。

那夜裡菩薩神像前的空地上會遍插上火把，燃火的紅焰為小土崙的風一吹，時或熊熊火熱光亮、時或火花將熄，帶出大大小小影子幢幢，便有若果真是無數個紅姨於場中翻轉移動，遍處都覆有著紅姨身影無所不在。

（好能從事些什麼?!）

一旁圍觀的女人們嘖嘖稱奇，只是不敢出聲。有較膽小的女人似有所忌諱，盡量的在躲開火光過處紅姨翻騰轉動的影子，有若害怕連那虛幻的影子都足以蒙罩去人的神魂。

乍然之間，紅姨剎地停下來，也不見她氣急不適，繼續行事如儀。

持香一直跪在菩薩神像前的則只有那女人，在指引下手持線香不斷跪拜，接下來，女人手捧著帶來的那盆紅色圓仔花，在紅姨一次又一次的持咒帶領下，跨過三個排成一直線的火盆，來在紅姨前跪下。

紅姨再度念念吟吟唱唱，手捏成花式的拈指比劃，雙手接過呈上來的芒草，不斷在女人身上掃打，於女人周遭漫天拋灑下白花花夾雜米粒的粗鹽粒，接著還幾次口含米酒噴向女人。

火把不知是否燃燒將盡，螢螢亮光一閃一滅，冷風吹過有若真帶來什麼，這時，紅姨突然銅鈴似的大眼暴睜，冷不防取走女人帶來的紅色圓仔花，重重摔落在地；瓦片尖響碎裂聲中，立時又高舉起不知怎的來到她手中的一盆白色圓仔花，交到女人手中。

只到這時，站立一旁的男人——那事主，孩子的爸，才會來到女人旁，共同圈護住那盆白色圓仔花。

交代此後每日早晨一定要日頭出來後，將花放在日頭下，澆水曬太陽，日頭落西在最後一線光芒未盡前，要移進屋內放在兩人的眠床下，不能讓其他人碰觸。並告知：

「精心照顧，花愈長愈旺，人丁就會興旺。」

景香從各方打探，方知曉那「換花栽」是女人留下帶來是為女兒的紅色圓仔花，帶走「雲從堂」種植是為兒子的白色圓仔花，便已然將肚內的女胎換成男胎，將了錢貨女兒換成貴為萬金的兒子。

所有的人都知道，對家族傳宗接代要求下想得男而無法如願的媳婦，成功的「換花栽」將女換為男，有時候還真會救人一命，免得無能「傳宗接代」生子的媳婦受盡各種苦毒呢！

紅姨「換花栽」的功夫，據說有如神蹟，只要換回去的白色圓仔花顧養好不曾枯死，則每次必生兒子。只景香年紀漸大，愈來愈少看到紅姨作此法事，景香追問，紅姨也只淡淡答道：

「查甫查某同款好。」

這正是當年政府宣導的：

「男孩女孩一樣好。」

其時台灣正要開始一波往後被稱道的「經濟奇蹟」，經由外貿訂單形成的全島嶼加工廠，女工工資低耐操尤其是掙起這一片天的大支柱，「男孩女孩一樣好」雖然是當道潮流，社會上重男輕女觀念漸減，但畢竟仍不曾全然改觀。

景香年紀更大，才知道紅姨少作「換花栽」，與母親有關。「雲從堂」眾師姊相傳，母親初作紅姨幫手，並不排斥「換花栽」，平日極少言語的母親一開始還會說：

「查某囝仔生下來也只是讓人糟蹋、作賤，如果因緣契合還來得及，不如不生也罷。」

然逐漸的，母親顯然不如此認為，開導要來「換花栽」的信眾：順其自然，不要輕易殺生。

景香往後也從母親處得知，最早作此法事時，來求取的女人得跨過的並非三個排成一直線的火盆，而是三堆柴火，那燃燒起的火苗有時援引上女人穿的裙子，常常將女人下體燒傷，一有這類情形發生，女人還會被指為「不乾淨」。

母親逐步將以改善，到晚期景香看到來求取的女人，甚且無需跨過三個排成一直線的火盆，而只是地上三把燃著的金紙。那薄薄的金紙極易過火，跨過真是易如反掌。

這「過火」當然是為求潔淨，怪力亂神不再來附。景香也探知照顧那換回的白色圓仔花，從夫妻睡的眠床下移出來，一定要日頭出來後；日頭落西最後一線光芒未盡前，得趕緊收回，絕對不許有誤：

只有在能見太陽的白日，魔邪才不能入侵這兒子元神的白色圓仔花，否則，萬一邪魔外道入侵，怎知道會生出什麼來?!

鹿城女人們私語，只要紅姨應允幫忙，而且只要帶回家的白色圓仔花果真愈長愈旺，俱都會如願的生兒子。

「花沒顧好枯死了會怎樣？」景香一定會追問。

「那就沒了。」

「發生過這種事嗎？」

「當然有。」

「什麼沒了？」景香一定再問：「是囝仔沒有了，還只是兒子沒了？」

沒有人回答這個問題。

景香一逕的要發現，她身臨的諸多事情，包括她的童小種種，都是經由他人口說、自己不斷探問去追究，然究竟如何，卻多半不可知。

能確知的是，母親的確阻止紅姨繼續為人「換花栽」，那是當母親正式入門成為紅姨的助手，那一如桌頭之於乩童，是為紅姨的詮釋人之後。

3

鹿城人們最愛說，那老頭家與他的大女兒，那相傳一向自恃聰慧、驕縱美麗的景家大小姐千鶴，一定有著累世的恩怨情緣，幾世以來是為彼此的冤親債主，才會這世人如此糾纏，難以分解。

醒過來的母親繼續留住在「雲從堂」，雖然白天有彩官前來，卻一改過往的大小姐行徑，事必躬親凡事都靠自己。彩官除了自願要消災的作「雲從堂」的雜務，其他的工作便是照顧景香。

母親除了照管自己的生活起居，原分擔「雲從堂」的一般作息，但畢竟是嬌弱的大小姐出身，身子骨單薄，那些劈柴挑水的繁重工作，還真作不來。而由於母親識字——她就讀省城裡的高女，雖然差幾個月才畢業，在其時的鹿城，已是女子中較少見的高學歷。母親接管起「雲從堂」事務性的工作，先是包括處理一些帳務，在「儀表」上寫法事中的事主名姓、生辰、住址等等。過往這些，不識字的紅姨都得求助專人。

工作瑣細但不繁重，母親用閒餘的時間，開始研讀起佛學。

依衡量的標準，母親一定是頗具慧根。她從坊間寺廟裡的善書讀起，很快的不再滿足於那些勸人為善，為惡要下十八層地獄，要人諸惡莫作的故事。開始從最淺顯的通行白話譯註佛經學習起，再接下來也讀了不少重要的經典。

時間過去。

原相安無事。

老頭家對被「讓」出家門的失足女兒和孫女，有此下場，雖不滿意但也只有接受。如果要一切盡符合老頭家要求，他會希望失足的女兒帶著孫女去寄身「齋堂」——那鹿城一直存有齋姑吃齋禮佛但帶髮修行的所在，這會是一個更好的安排。

自清帝國末期、日本時代一直存有在鹿城的齋堂，受了日本淨土宗的影響，讓女子生活在齋堂吃齋清修，但又並非剃頭作尼姑，一直有著代替正規寺廟的功能。

（在那個時代，老頭家恐怕也「丟」不起臉讓女兒出家作尼姑，這等於公開承認她的失足與悔過，置他的顏面於何地。）

進鹿城人已知悉的齋堂，像是遮遮掩掩的知錯彌補，是除了離開鹿城之外，老頭家的首選。

女兒不進齋堂，留在一個尪姨的神壇，老頭家雖不滿意但也只有接受。但於今公然要替尪姨作桌頭，雖然美其名稱文生，畢竟是何等下賤的工作，俱是下等社會邊緣人所為。

不是一向有「吹鼓吹、剃頭、戲仔、道士」低等到連一般小百姓都不願與之婚嫁嗎？

她無論如何都是景家大小姐，去作這種下作工作，是喝了「符仔水」、頭殼壞掉？然畢竟不是一般工作、公司行號，非老頭家所能掌控、也無從利用關係打壓。終有一天，母親正式成為紅姨的助手，那也可被稱為文生，一如作為乩童的桌頭，是為紅姨的詮釋、代言人。

景香深切記得是她讀國小時，因著同學的嘲笑，她極力爭取老遠去跨區讀中學，為了不讓過往相熟的同學知道她的底細。在新的學校裡她基本上不和同學來往，只埋首讀各式故事、小說，從不談任何關於自己、自己的家庭。

景香從此立定志向要寫作，她覺得所有的人都對不起她。

這老頭家的孫女，對母親正式成為紅姨的助手，受盡同學的嘲笑後，反應不輸給外公。鹿城人們於是說，這對祖孫必然的一定流著相同的血液。

老頭家蠻橫的斷然不讓妻子與彩官再踏入「雲從堂」一步，否則就此不用回家。

這時節老頭家已成功的在他魚塭的絲瓜棚下，處理起「眾人的事」，排解人、事作的已不只是一般鎮民的公親，而是更繁雜的地方金錢勢力角力。

白手起家的老頭家並非傳統地方上的世家、士紳，擁有十、百甲土地的地主。但也因此，逃過了國民黨政府來台的諸多變革：「耕者有其田」、「三七五減租」，不至一夕之間十、百甲土地得下放給佃農，只換得一些基本上無甚大用途的股票。

日本時代致富的老頭家，靠的是與日本內地的商貿往來，不事耕種自然不會去買農地，賺來的錢多半在鹿城鎮上買房買地。「耕者有其田」的農地下放政策不致對他造成損失；「四萬換一塊」的新貨幣政策雖有影響，但不足以使他一蹶不振。

隨著局勢日益穩定下來，老頭家恢復與日本的往來，還因著多年建立的關係，在「台灣香蕉輸日」上，雖不似南部盛產香蕉地區的「香蕉大王」暴富，也不無斬獲。

由水利會起家，老頭家在他魚塭的工寮新整理的小瓦屋，屋前架上爬滿絲瓜藤的大棚架下，廣結善緣隨時讓訪客來泡茶吃飯搏感情，利用農漁產品銷售的利益網，成功的糾結了一夥人，幾年經營下來，順利的選上水利會理事。

愈涉入實質的權力運作，陷入其中，顯然愈發知曉自居無黨無派的不足，老頭家開始考量是否加入他過往不以為然、島嶼一直以來唯有一黨獨大的國民黨。

雖不到「喚水會結凍」，儼然已是地方上錢權俱備的「頭人」，女兒失足好不容易較被淡忘，現在竟要當一個尪姨的桌頭，老頭家震怒又居然無計可施、無法可管，據說足足有一個多星期足不出門。

「丟臉丟到太平洋。」

要直到長大懂事後，景香才想探問母親何以會和紅姨辦事作為桌頭，是為紅姨的詮釋人。母親當然問不得，而從「雲從堂」幫忙的眾多女信徒口中，也沒有人回答於她來說如此「簡單」的問題。

好奇如景香，終仗恃著紅姨對自己的寵愛，直截了當的問詢。紅姨並未曾如預期的生氣、甚且無所謂不高興，她高凸額頭大臉中那雙左右十分分開的眼睛，也只平平的前視，語氣再平常不過的回說：

「伊聽懂我的話。」

紅姨說此語意一如說「日出了天暖」，反倒是景香一時間愣怔住，不知如何接問。然也僅止於此，往後紅姨不再說及這類以的話語。景香知道，以紅姨回答問題的習慣，再次詢問，得到的也會止於如此。

這簡單「聽懂我的話」的說法，竟有如含帶魔咒禁語，令景香一再想探得究竟。便去糾纏一向最疼她的妙心師姊許久。

妙心師姊以「天機不可洩」不肯回答，作不知狀，被追問急了，也只閉目恭念佛號。由於事涉「天機」，景香以為尋常方式一定問不出結果，便用了各種拐彎抹角的方法探問，都得不到回答，終到有一回臨放棄前，景香直直問：

「怎麼可能這麼簡單？聽懂而已。」

令景香難以置信的是，這回妙心師姊居然答道：

「我們跟師父二、三十年，到現在還只聽懂不過十之一、二。」

「怎麼聽懂的？」

妙心師姊又不語。這回景香懂得，換了另個問句：

「聽懂什麼？」

連連探問，方得知紅姨話中會夾有古語，比如二月會稱作「花月」、六月稱「荷月」、十二月是「臘月」……

景香在那農民曆尚未普及，不似往後每逢選舉期間鄉里鄰長即大量廣印農民曆送人的年代，花了時間蒐集，才歸結出這不同稱謂的十二個月。果真是聽清楚了紅姨使用這些月份的代稱，之後更得知年份、時辰的古語說法。一時，紅姨作法時那些咪咪嗼嗼咔咔說詞，突然間於她有了意義。

有如剎那間腦袋被劈開，開啟了另外通道，外界的奇音妙語方足以進入；或者果真如那通天音者所言，一時頭頂按上不可見之天線、頻率接對聽見了。

「聽見了。」

景香深切記得，那當時雖只聽清楚隻字片語，但卻恍若霎然之間終於能介入天音識得天籟，窺得大千世間之神奧於萬一，那種驚心悸動，心跳狂奔血液逆流。腦心耳中漲大，久久不能自已。

耳邊身際隻字清楚，然何以尚不足以達成意義，天理天道果真非凡塵俗心能解？僅憑這片時片刻的了悟，又算什麼！而那紅姨簡要說的「伊聽懂我的話」，母親究竟聽懂了些什麼？

景香方真正不再以母親為敵。

4

母親在「雲從堂」特殊節日會和信眾「講道理」，當然不似高僧大德所稱「開示」，僅只是說些相傳的佛教故事，內容不外因果報應、勸善揚惡。

紅姨天生「大舌」，雖不是十分嚴重，但一向少言語。她只有在作法時或吟唱、或念白大段大段不知是什麼的天音、天語，順暢流利毫無間斷阻礙，平時不會像一些法師還會開場佈道說法。

然信眾來此，除有所求取、問詢，也想要得到一些心靈的撫慰與平靜，母親偶「講道理」，連她自己都十分意外，竟深得信眾喜愛。之後便常被要求來講道理。

然畢竟不耐說的總是「作人的媳婦要早早起」；至於要說下十八層地獄的處罰，母親畢竟並非來自市井，恐怕還說不過鄰里間大樹下的「開講」。聰慧如母親，開始以所讀佛經，淺顯的說「緣起性空」這類法，援引諸多佛教故事。

母親偏愛說的故事，常強烈的指涉人性衝突與掙扎，一新鹿城眾多寺廟、各路神壇的勸善揚惡之說。

景香記得小時候聽過幾回母親常說的「一根蜘蛛絲」的故事。誓言「地獄不空不成佛」的地藏王菩薩，為救苦，想讓身處地獄裡的鬼魂得救，放下一根蜘蛛絲，要有緣者能由此攀援出脫地獄惡罰。可是人性的貪婪使得眾鬼魂爭相攀上這條細薄的救命蜘蛛絲，互相爭執踩踏拉扯，只求自己往上爬，踐踏他人。

蜘蛛絲不堪重負應聲而斷，眾鬼魂重跌落地獄，無一人倖免。

（母親說法是高高居上觀看的地藏王菩薩，搖頭太息，親手捻斷蜘蛛絲。）

想寫作的景香往後有機會讀到由名作家依這「一根蜘蛛絲」寫的作品，發現裡面的描述橋段與母親所說的故事十分類似，方回想起過往常聽說母親本來就是學校裡人人稱讚的才女，熟背大量詩詞能文善道。

「母親想必年輕時也讀過這小說吧！」

景香想，心裡升上一股彼此相知因而十分相惜的暖意。

然景香曾深被嚇著的是那叫「指鬘」的故事：

央堀摩羅是這般貌美如光的男子，跟著師父學法，師母為他的美顏吸引，不能自禁的愛上他。

示愛被拒，師母向師父誣告央堀摩羅意圖侵犯不成。

（千百年來一直有這樣的故事。）

震怒的師父想出懲罰的毒計：

有一得道密法，要修練得殺死百人（有一說是千人），取其手指串成一圈花環，方能成。

央堀摩羅聽信，為修法開始殺人取指，到接近百人（有一說是千人），只差一人手指，這時身邊只有母親和釋迦牟尼佛。

「那麼，央堀摩羅會殺誰呢？」說故事的母親問。

「殺釋迦牟尼佛。」多半的信眾會這樣回答。

果真，央堀摩羅捨下母親去追釋迦牟尼佛，邊追邊叫走在前面的釋迦牟尼佛停下。

「我早就停了，是你還沒有停。」佛說。

「還沒有停」的央堀摩羅在佛的開示下最後悟了道。而即便殺死百人（有一說是千人），悟了道的央堀摩羅還是得證阿羅漢。

「在釋迦牟尼佛與自己的生母之間，央堀摩羅會不會選擇殺母親呢？」景香問。

始自懂事，景香就一直被叨念，她小時候是多麼的愛哭。

那時節母親已然不再大半時間昏睡，親自照管景香的生活，還有月桂阿媽與彩官幾乎每天到來，景香可說是時時刻刻都有人在身旁。

「也沒有人惹妳、更不用說打妳罵妳，妳就能一哭哭上一兩個小時。」跟隨紅姨最久的妙心師姊，老愛以手指在臉上比劃羞羞臉，來取笑景香。

一開始是躲著哭，不論白天夜晚，晴天冷冬。熱天裡蒙著棉被，哭到臉面脹紅眼睛只剩一條線，滿頭滿身全是淚水汗水，好似漬在鹽水裡。也不知已經哭了多久，被發現後，還能抽抽嗒嗒繼續哭一段長時間。

想是自覺愧欠的母親發現後百般安撫，三、四歲的小女孩仍不時尋個人少之處躲著一逕的哭，不鬧、也並非要什麼，更不用說是得不到什麼，就只是一連聲的啜泣，眼淚如川流的水，不斷滴落。

一個星期可以無緣由、無預警莫名的哭上這樣一、兩回，不僅母親束手無策，連紅姨都沒了法子。

為小女孩作了各種祕法無效，紅姨肥肥的雙掌一攤，像每回碰到難解之處，用日語說：

「あぁ〜あ，どうしょうもないね！（唉！沒法子呢！）」

便以著她一貫的自在接道：

「要哭，就讓伊哭吧！」

可是母親百般勸阻不聽後，生氣了，嚴厲的責罵、打手心屁股都用上，仍然無效。有一回母親真正動怒，抽出竹掃把的細竹子，將她抽打到手腳一條條紅腫血痕，連紅姨都無從阻止。

小女孩仍是毫無緣由的哭，只是躲藏得更嚴密。

氣極的母親用盡各種方法後，下達了指令，只要景香一開始哭，任何人不論任何理由，都不得搭理她，不能安慰她、抱她、甚至打她，只把她當隱形人看不見一樣。

「看她能哭多久。」

景香仍持續哭上一長段時間，哭著累了，又沒有人來干擾，幽幽乎乎也會睡著，醒來，繼續哭。

紅姨不忍，相勸作母親的無效，但也只能嘟喃的說：

「人家才是正牌的阿母。」

不再多管。但要「雲從堂」上上下下，只要看到孩子在哭、睡著，一定要注意不讓她著涼。「雲從堂」便常看到有人拿著一張小被被，急急的奔走向各個角落。

然後，不知從何時開始，也不知結束的正確時間，景香自己停止了哭泣。

「是替伊阿母哭啦！」

這樣的說法在來「雲從堂」的信眾口中流轉：

「哭伊母女的悲情，來還前世人相欠債。」

那母親自不再昏睡後於「雲從堂」協助文書工作，就沒有人看過她有任何悲淒神情，更不用說流過一滴淚水。將一頭烏黑豐茂的雲雲秀髮梳成腦後一個大髮髻，素顏穿上與紅姨相似白衣，儘管依然秀美麗致，相傳不再有人看過她笑、沒有人看過她哭，少言不笑自有一種肅殺的凌厲。

信眾有來自鹿城「街上」富足人家，原還對留在「雲從堂」的景家小姐有著看好戲的心理，要看一個被遺棄婦人失足後的悔恨，最好是每日以淚洗面，如果能上吊自清表白都不為過。

一開始總礙於「雲從堂」連寫個法事儀表，都是由她，怕她故意出錯，只要被超度者的生辰時日略有差遲，花錢作的法事會全然無效；接下來母親作紅姨的桌頭後，諸多指令，皆是由這白面文生傳達，信眾不敢明白議論怕有所得罪，會不祥招禍。

而逐漸的，凌厲的母親不僅信眾，連「雲從堂」上上下下皆震懾於她的嚴謹自律、處事條理、佛法說理，沒有人膽敢放肆輕視。

曾經失足帶著一個跟自己姓的私生女的母親，理上贏得敬畏，私底下仍被寄望要有更多的悲傷與悔罪（否則，如此容易就過關，不等於變相的鼓勵其他「歹查某」）。女兒小時候無緣由的哭泣，便被一再傳為是替不流淚的母親哭那前世今生的罪愆。

大半個鹿城的女人口中言語間，好不容易由小女兒的哭找到話題，自然不放過，反正講的是小女兒，不是當事者，數落歸罪公然明說：女兒是來還前世人相欠債，生作私生女，那有什麼將來前途，當然眼淚不停。

每有人提及此，長大後的景香總是這樣回答：

「真的嗎？我怎麼一點都不記得，有這款事嗎？」

有一回讀到一篇關於兒童心理的書，景香更振振有詞的說：

「有的孩子這樣哭並非得不到注意，哭不是為得到關愛。孩子哭就只是成長方式的一種，就像孩子跑來跑去好像過動一樣，事實上是配合身體、腦部的發展。」

「央堀摩羅會不會選擇殺母親呢？」

已在寫作的景香聽了故事，迫不及待的去問紅姨。

景香問這樣的問題，在自己寫的文章中，大量篇幅描寫的是那百人（有一說是千人）的手指串成的花環。鉅細靡遺的問出：取的是哪一根手指？食指、中指、無名指？但不以為取的是拇指和小指。

自問理由，景香給自己的答案是：

食指、中指、無名指夠大，串成花環才可觀。粗壯的拇指雖大但不優美，小指則太小不夠看。

景香以文字形容那切下的手指串成的花環，因手指長度大小不一枝枝枒枒，紅色鮮血淋漓，像一串枝枒交錯的血珊瑚，掛在貌美如光的男子裸露胸前，紅血湧流像枝枒併放的百（千）朵血色紅花。

而央堀摩羅取的究竟是百人、還是千人的手指呢？

景香描繪著推算，一根手指不論是取食指、中指、無名指，不要說有二公分，至少有一點五公分寬，只要一百根手指，串成花環就有一五〇公分以上的長度。央堀摩羅就算身量高長，將這手指花環掛在胸前也足以過膝，很足以觀，所以想必殺一百人便已足夠。

不過，如果央堀摩羅要將手指花環在脖子胸前多繞上幾圈，便顯不夠了，得要更多的手指。

可是，景香自寫自問：

殺千人取指串成的花環，會有至少十五公尺以上的長度，何況要殺千人時日一定只有更長，串成花環的手指腐敗腫脹發爛，只有更增加長度，央堀摩羅拿這麼長的手指花環作什麼呢……

「央堀摩羅會不會選擇殺母親呢？」

「為什麼？」紅姨問。

「殺母親比較容易。」景香說。

「為什麼？」紅姨簡單的再問。

「佛法力高強，殺他取指不易。」

「殺自己的生母就容易？」

「母親也可能為助兒子，願意被殺。不是一直有這類母親犧牲自己的說法？」

「佛也可能為助央堀摩羅得道，願意被殺。」正走過的母親說。

景香一時不知如何回答。

「如果央堀摩羅殺了佛，還能得道嗎？」母親再問。

景香不知依佛法如何作解，沒有回話。

紅姨平常的說：

「得不得道，有那麼重要嗎？兩個都不殺如何？」

「是兩個都沒殺啊！央堀摩羅還得了道。」母親接道。

景香呼出一口氣，對著母親說：

「啊！我真是沒慧根。」

小時候的景香很愛學紅姨作法時的比劃，但比來跳去像舞蹈動作，一些架勢都沒有。據說學得最神似的只有以竹枝葉、芒草在水杯上畫符，實在維妙維肖。

長手長腳瘦巴巴體弱的景香，出了名的不愛喝水，真正到了「金口不開」的地步。「雲從堂」的眾師姊們、彩官，連月桂阿媽沒有人有辦法讓她喝水，只有求助母親。景香從小對母親十分畏懼，才不敢不從。

有一回紅姨為讓她喝水，在一只白瓷寬口水杯畫上符咒，景香果真小手端起水杯，咕咕咕的仰頭一口喝盡。旁邊眾人一時看得無措，連出聲稱讚都不曾。

之後便要紅姨水杯畫符，但也不見得每回都有效。直到有一天，景香接過要她喝的一杯水，不用竹枝葉也不用芒草，只以她的小手自己在近杯口處比劃，神似畫符明顯學自紅姨。眾人不敢驚動，看她畫完符自己把水喝盡。

以後便讓她自己畫符，愈畫愈像，眾人原以為她會盡得紅姨真傳，以後師承紅姨。母親一旁觀看，不曾明白出面反對，但眾人皆知道母親全然不曾鼓勵，只是由她。但到景香五歲要上幼稚園，母親親自教她一筆一劃，寫下她的名字：

景香。

愛畫符的小孩從小有一雙十分穩定的手，少打破到手的物件，端起水杯一口喝盡杯內的水，從來少有水潑灑出。寫起字來一筆一劃十分端整，尤其愛寫字，母親只要給她紙筆，不多久即能將新學得的字寫會，一點一撇都不遺漏。

母親大概因自己的失學，不像她的高女同學上大學成專業人士、有不少還出國讀書，對景香的教育十分著重，每科成績必須滿分，少一分打一下手心。

有陣子景香著迷於閱讀，來者不拒的找到什麼讀什麼，功課自然退步。母親清除掉各式童書、故事書、淺近的小說讀本。

「讀這些作什麼？」少言的母親嚴厲的出聲責罵：「妳敢是要像我一樣？」

母親要她認真讀書，作醫生、律師、出國讀博士。

「查某人一定要有才能。」

景香最愛的便是賴在紅姨身旁，嘀嘀咕咕的也不知同紅姨說些什麼。紅姨辦事的時候例常的會喝大量的米酒，退下來時有時不知是靈未走或酒的效益仍在，「大舌」居然好了許多，也會同景香「昔時、昔時」或者「那時辰」的說起一些她過往的故事。不過「大舌」的紅姨，講說的能力實在不佳，這事接另一段另一起，時空混搭，景香也就零碎聽著。

眾人最怕的是紅姨有時會有「神來之筆」，入了神攀爬上較低矮的最老舊的「三間面」屋頂，要站在屋頂四角揮掃芒草以作法。有一回紅姨還掙扎著要脫掉衣服，母親讓人上前制止，五、六個「雲從堂」的眾師姊和一名作粗工的長工，才合力壓制下來。

紅姨辦事有時也有「出脫」的情形，有幾回為替人收驚驅邪，紅姨口出天音天語，又是拿著芒草拍打來者肩背。是惡靈魅仔的魔力太強，還是是夜喝得太醉，不知怎的一閃神，反震得紅姨蹬蹬蹬退了幾步跌個四腳朝天。

紅姨此時不像坊間一般手法，必然裝作嚴斥對方法力高強，再起身奮戰。只有自己翻身爬起來，也並不生氣，就坐在地上喝喝哈哈的大聲笑了，還猛一直搖著她那顆巨大的頭顱。

通常入神的時候紅姨會連連有氣從喉嚨排出的出聲作嘔，景香後來知悉是一種淨空腔體，好讓靈能入內，有時也以連連哈欠排出，有幾回不知是不勝酒力還是什麼緣由，打幾個哈欠，就真睡著了。

眾人也叫不醒她，夏夜就讓她坐著入睡，一坨肥大的軀體穩穩的踞坐，打坐一樣。只不過有時一歪身，倒下繼續睡，醒了自己就回房。

景香依剛來時習慣，夜裡仍睡在紅姨房裡，有時一覺醒來，才發現紅姨不見，外出去找，就睡在觀世音菩薩神像前，這時方喚醒她相偕回房。

如果是冬夜，手腳冰冷的景香被摀在懷裡睡，紅姨會把她孩子的雙腳夾在自己的腿裡摀暖，就算冬夜自海岸盤旋到來小土崙的九降風森冷刺骨，紅姨懷裡永遠暖呼呼。

神通

1

那鹿城地方上既富且貴，金錢、人脈俱不缺，還廣作善事發放米糧救濟的老頭家，居然「讓」他的大女兒，那相傳一向自恃聰慧、驕縱美麗的景家大小姐千鶴，拋頭露面到正式入門成為一個尪姨紅姨的幫手，作為一如乩童的桌頭，替紅姨解說代發言。

一時渲染轟動整個鹿城及鄰近地區，還被戲稱「中部頭條新聞」，與那名聲在外的「第七水門殺人事件」、「瑠公圳分屍案」……並列。

人們必然連帶著重提那一直都不曾被遺忘的舊事：那景家大小姐究竟是如何跟人跑，那外省仔究竟是誰？又怎麼會被放棄，留下那叫景香的小女孩該姓什麼？

（怕那都說法力高強的尪姨，人們只敢私下竊竊私語。）

那尪姨紅姨，都稱法力高強靈驗無比，是不是她用了什麼邪門法術，方能迷障了心性高傲的景家大小姐，甘願為她驅使？

一時，人們湧向「雲從堂」，要眼見為憑一探究竟。然「雲從堂」並非一般寺廟，可入內拜拜，有事問詢紅姨得給紅包。只有在一些大型的祭拜儀典之時，會讓一般信眾隨意入內走動，而母親逢這些重大節日，也會出面講道理。

人們便紛紛稱作是來聽道理，在觀世音菩薩神像前空地，經常人滿為患。身量嬌小的母親，便只有背對菩薩坐在稍高的台上，一襲白衣夜風一吹火光過處，據說幾疑是天上神女。

人們為求不被擋住的前面好位置，早早來占位，最後，為求一睹風采，「雲從堂」前空地周遭的大樹上，經常掛滿了人，或坐或站，攀爬到樹枝樹葉折落一地。

「真是懷璧其罪。」已讀中學的景香賣弄的形容。

那母親開始作為紅姨的桌頭，引來如此巨大騷動，自是讓整個「雲從堂」措手不及一陣慌亂。母親一度想要停下講道理，至少不會引來人潮，相對平息由她而起的議論是非。然紅姨獨排眾議，堅持：

「頭洗下去了，要剃。」

景香不知道事情的先後原委，是母親正式作桌頭在先，還是紅姨先以極低廉的價格取得「雲從堂」附近的大片土地：基本上是「半占半相送」，那小土崙不適種植，其時只是一片沒人要的砂石荒地。

隨著母親正式作桌頭後，來添香油錢日增，紅姨在已然取得的土地上，要擴展「雲從堂」，廣為造屋。

紅姨三度造屋，又引來鹿城人們足足有大半年一陣談論，上年紀的人憶起當年紅姨如何以牛車載來「一間厝」，立足小土崙上；接下來改建成為磚土「三間面」（往後月桂阿媽加以整修、建廂房供女兒、孫女落腳）。

紅姨這三度造屋引發更大談論，因著她並非要在小土崙上蓋房子，而是要遠從山內再度「運」來「一間厝」。

「搬什麼厝來？敢還是用牛車運？」

消息一走漏，鹿城人閒言閒語幾分冷嘲熱諷，十分好奇又等著看好戲。

時候已是民國六十年代，雖然還不到多數人家有私家車，但「汽車」街上跑早不是牛車時代，然紅姨用的還是「牛車」，只不過是「鐵牛」。走起來噗噗噗的鐵牛，速度雖不夠快，但載重力夠又能在不平的路面上行駛，

愛湊熱鬧的景香沒能趕上到山內去看怎樣將一幢五間面的大厝，拆解後搬來鹿城重新建造的壯觀場面。正值要考高中，母親再清楚不過的明講：如果考不上她和月桂阿媽都讀的高女，一定會將她送去當女工。那時代各個加工廠正缺各式各樣的工人，便宜又好用的女工，尤其是廠家所愛。

景香見識過母親的嚴峻，知道她一向言出必行，乖乖的認真讀書，以挽救因看大量小說只有中等的功課。

據能夠到「山內」幫忙的師姊們說，那五間面大厝隸屬山裡的一個「蕃王」。怎樣能將它搬到「雲從堂」重建，紅姨並不曾多作解釋，眾人只知道紅姨對這大厝珍愛萬分，不容一點損傷。

「那棟厝一直是師父的夢想。」一連妙心師姊都操著不流利的國語，十分文藝腔的這樣說。

許多年之後，當島嶼興起了一陣懷舊之風，「尋根、本土」熱潮下各種研究、田野調查出爐，景香大致知道那所謂的蕃王，應是平埔族的頭人，至於何以有能力蓋如此一間大厝，便不得而知了。

得力於「山內」族人、鄉親的幫助，拆解大厝緩慢的進行。景香看到運來「雲從堂」的，有長達十來尺的大樑，粗細足足有小水盆粗；還有整片整片拆下來的格扇窗、木門、窗扇，都漆著一種奇特的青綠色。雖然顏色已沉舊有些剝落，但那樣耀跳的青綠色，青中帶藍透綠，不僅不是鹿城廟宇常見的顏色，更不用講家屋立面。

基本上都是木結構，牆立起來上了大樑鋪上黑瓦，景香才發現這大厝較一般鹿城的房子高。屋子高因為內裡有夾層，那俗稱的「半樓仔」，而且整個樓層不做隔間，便成為很大的一個通鋪，往後，成了最好的「舍仔」，木質地板上只要鋪上被子，可以讓信徒們祭拜時在此打尖，休息過夜。

那大厝「裝」好了後，有很高的窗戶，高度超過立面的一半以上，高大的隔扇窗往外推，陽光、風在廳堂裡遊走。

景香往後外出旅行，在東南亞見到長排房舍相連相通的「長屋」，方想到除了規模較小外，童小時「雲從堂」蓋起的的「四間面」，還有幾分神似「長屋」呢！

然那「五間面」的大厝始終未曾完成，一輛滿載的鐵牛，中途不知去向，始終未曾將建材運送到「雲從堂」，唯有一根大樑跟隨著另外一車被送達。那根大樑便只有孤伶伶的被直放在第「四間面」的牆壁一角，留作紀念。

那一車材料究竟被運往何方，始終不曾尋獲，鐵牛與駕駛是臨時找的，無從追蹤。眾人稱可能是迷失了路，但大家都心知肚明，應是整車都被運走盜賣掉了。

在那個島嶼經濟才在起飛的時代，人們還覺得不可思議：

「有人居然敢盜走宮廟裡要的東西，不怕下十八層地獄？」

當然，什麼世風日下人心不古這樣的話，重複又重複的被提起。

然私下有人則以為本就不該拆遷這蕃王的宅院，裡面原一定也供奉有什麼還在拜的靈、鬼魂，不願被遷來平地要繼續留在山裡，需要留下個住的地方，所以就扣住一間屋，不讓紅姨搬走。

不論為何，最後只剩「四間面」的大厝終還是完工，聳立在「雲從堂」的後方，聯結原來月桂阿媽建給女兒、孫女住的廂房，成了一個不甚完整的合院。而原紅姨建的「三間面」這時顯規模渺小，便形成一進一進往裡走，後殿越來越寬敞的壯觀效果。

原供奉在「三間面」的那尊觀世音菩薩木頭神像，被請到「四間面」大厝中。因著有一整間邊間不見，「四間面」便沒有真正的「中間」，愛講是非的鹿城人便堂而皇之的出口批評：

「畢竟只是一個『尪姨』的道場，果真缺那麼一撇，不正。」

觀世音菩薩被供在原正廳，現在是面對「雲從堂」右手數過來的第三間，果真是「不正」，然紅姨沒那麼在意。終日在這一大片「四間面」上上下下穿梭的景香，很快發現，供觀世音菩薩的正廳後，不特別探看，還不會發現一處沒有窗戶、只有一道小門進出的「祕室」——許多推理小說不都這樣稱呼，景香好奇裡面究竟藏有什麼祕密，但小門只有紅姨有鎖匙，連母親都不見入內。

一向好奇的景香，對這「雲從堂」裡眾人皆知、不敢明言的祕密，不知怎的居然不曾四下打探，也不敢仗著紅姨的疼愛問詢。是那小門深鎖的祕室果真玄祕至極不容覬覦，還是震懾於未知神奇的深切恐懼，景香也說不出所以然。

而更是奇特的傳言仍紛傳，景香偶一回還從旁聽得來「雲從堂」問求的人說：

「『尪姨』切開自已的手臂以血滴餵養……」

看到她走近立時止住話語。

然由於得知進出的只有紅姨，基於全然的信任，景香至少覺得安心，就算裡面真有什麼，一切有紅姨，也不致被傷害，就壓抑著不特別去打探。

那大厝的高度、格扇窗和式樣，明明也不脫閩南建築，但在細部卻不同於一般鹿城的建築，尤其是那「半樓仔」的挑高隔間。讀不少描寫熱帶地區小說的景香，便堅信原挑高是下層用來堆放物品，人員則住在上層的半樓仔。

便成一種奇特的異鄉情調，也成了「雲從堂」的特色，招來不少民眾信徒特別前來觀看。

「雲從堂」就此建設完成，之後只作小規模的修繕，紅姨不再另興土木，只每天繞著這兩進屋舍、四周滿植水果花木的園林進進出出，看盡朝陽升起夕陽下落。

2

「雲從堂」起建、修繕完成，立即碰到了那一場最令鹿城人議論不休的事件。起因是紅姨在法事中，透過母親口中，明確的指出：

要替那王姓鄉公所人員，將附身的「歹物」驅出身上，得是「天主堂」的吳神父。必得要勞駕那已然近八十歲，遠從外國來台、在台傳教五十幾年的阿凸仔吳神父，才能將附身於王姓鄉公所人員身上的歹物驅出。

而那念玫瑰經、信天主教的阿凸仔吳神父，果真不負紅姨的託付，成功的驅出歹物，救了那王姓鄉公所人員。

那個王姓鄉公所人員，只是最初級的公務員，管的也只是一般鄉里間的小事：水溝蓋壞了，路燈不亮，馬路破個大洞等等。

卻突然不知為何，全身僵直不能彎曲，先是關節不能彎，手腳都得伸得直直的，接下來，就連拿杯水，都得後退好幾步，直伸出手去拿。腳關節不能彎曲，只好閱兵踢正步一樣，從腰以下伸直著腳往前踏正步。

家境過得去，自然也看醫生，雖然沒有全民健保的時代，聽到各地有什麼名醫，就前往看診。無效後，家人相信「卡到陰」的說法，也走訪各家廟宇，尋找「解」的良方，只是俱都無效。

不能去上班，眼看著要丟掉工作，到時候一家大小不知如何是好。送到「雲從堂」，整個人直挺挺的站著，並不高、病後也只是瘦，因為那般僵直的站姿，使他看起來不知為什麼占的空間大而且很高。

紅姨要他「走」一下，他一隻腳直伸大步前來，差點撞到坐於神桌前的母親。紅姨看清楚他整個人只有腰到大腿處能動，全身雖然僵直，但要動起來不像殭屍，雙手前伸、雙腳併攏的往前跳，那俗稱的「殭屍跳」。只是膝蓋全然不見彎曲，一直以踢正步的直步前行。

心裡有幾分底，問他話，那中年男人，不敢抬眼看紅姨，明白可見神色羞赧的說：

「我的身軀內有一棵樹。」

「一棵樹啊！」紅姨平平地轉述，好似沒什麼值得大驚小怪，講得也並非天音法語，不用母親解說。

「身軀內長一棵樹，大大欉、硬扣扣，所以不得彎。」男人繼續說，好似終有機會表白。

「把樹砍了，你就又可以彎曲了。」

「哦，不能砍，絕對砍不得。」

那男人用像鳥兒唱歌一樣的聲音說。閉上他那一雙還能眨動的眼睛，生怕洩露出心底的祕密。

「我看還不只是長一棵樹呢！」不太開金口的紅姨，這回居然誘導的說。

「是呀是呀！」男人如獲知音：「因為長一棵樹所以鳥仔啊、蜜蜂蝴蝶攏來住，下過雨後，連蜻蜓都來，那款紅蜻蜓，大隻大隻是『那個』的……」

紅姨點點頭。在場的人都知道紅蜻蜓是鬼蜻蜓，不是什麼「好物」，男人才會說不出口。

「還會下雨呢！」紅姨說：「那你怎麼辦？」

「站著給雨淋，那無，也不會動……」

突然之間，紅姨發出一聲暴喝，帶出一個眾人都不曾聽過的多音節的語音，而且一再重複的以這多音節的語音喊叫，像厲聲叫著一個名字似的。正說得順口的男人突然被打斷，有片刻愣怔住，接下來露出十分驚惶的神色，顯然想四面轉動頭探看，但只能轉動他的眼睛。

便見一雙小小的眼珠，蝌蚪般滴溜滴溜的轉動。

「你怎麼知道還有伊？」男人不能相信的叫道：「從來沒有人知道！」

「你說，你裡面還有什麼？」

「一隻蛇，一隻大蛇，足大足大的蛇。」男人十分放棄，顯然把過去不敢說的，現在一口氣全說出來，還一再說，好像非得要把它說定說死。

「什麼蛇？」紅姨問。

男人開始口中舌頭狂吐舌信，一伸一縮極其快速，看來好似真有蛇在吐信，極為驚人。中年男人本來就小頭小臉，病後瘦了，尖下巴整張臉像個倒三角形，這時更好似臉面也全僵住，只有一雙小眼珠滴溜滴溜的轉，口中舌頭一伸一縮狂吐舌信，活脱脱的三角形毒蛇頭似的。

在場的人都驚呼出聲，紛紛往後退，方能必要時來得及走避。好似接下來那人／蛇不只吐信，還即將會像蛇一樣遊走過來。

然看那男人雖然口中吐著舌信，身體仍然僵直，只能吐信無能移動的人／蛇頭，便十分怪異的可笑，眾人才陸續再靠上前來。

這時只見紅姨口中暴喝連連，喊叫的全是適才那個多音節語音的名字，那男人雖然繼續不停口吐舌信，但咕嚕咕嚕轉動的眼珠全被牽引到紅姨身上，有若認可、回應那呼叫。然後逐漸的，口中一伸一縮的吐信慢下來，最後一條口舌長長的拖在嘴外。

「嘩！口舌可以這麼長！」人群中有人驚呼。

拖著一條長過尖下巴的舌頭，那男人就此不動。

接下來顯然靈感上身，紅姨神色平常意識清明，但口吐天音法語，經由坐於神桌前的母親傳達：

「前世相欠債，這世一個還債，一個來討債。」經由母親口中，紅姨說：「係報應。」

一旁觀看的景香原還不覺怎樣，因果相報所以前世被傷害的，這一世來討債，「前世的冤親債主附身」一向是常見的說詞。

沒料到接下來眼睛緊閉、凝神靜聽紅姨口出法語的母親，端整秀麗的臉面上突然出現一陣諧謔的淺笑，基本上只是嘴角一撇，像小女生惡戲時的神情。

如果不是景香一向善於觀察母親的神色，可能還不容易發現。

「來附身的債主，前世係信洋教，麵粉教，才會我們的眾天兵神將都對伊無法度。」經由母親口中，紅姨說：「因此，只有洋教能收服伊，這就是要追溯到因果相報的前世人。」

景香悚然驚心，一陣雞皮疙瘩上身。果真是紅姨有此洞見神力，點出不曾有人說過的：

前世因果相報來附身的冤親債主，信洋教，所以現世驅魔能趕走它的，也只能是天主堂的洋教神父。

「伊的話語才會通。」經由母親口中，紅姨說。

然那霎時，浮現景香心頭一絲疑慮，是紅姨有此神通功力，果真能得到異界的訊息？還是、還是，這只是靈慧的母親的一時的神來之筆？對不識字、不曾受過教育的紅姨來說，「洋教」除了是鹿城人習稱通稱的「麵粉教」，過往從不曾聽她提及，之於她又如何？

母親會不會因紅姨無從醫治這男人，方以此作為下台階，好能全身而退?!

景香一直以為，「雲從堂」能在鹿城上百個各式大小宮廟中脫穎而出，靠的全是母親與紅姨之間，能有此奇妙的合作無間方式。多半時候，原就「大舌」話不多的紅姨，卻經由母親口中傳遞出大段大段訓示，會寫小說後的景香總質疑，母親之於紅姨，如同批評家與作家，而母親是不是常過度詮釋？

令鹿城人驚心的是，走投無路的王姓鄉公所人員，最後接受紅姨的指示，去找那天主堂的吳神父。因著隨時間過去，男人的僵化從腰腿愈來愈往上延伸，眼看著就要到達心臟，到那時連心臟都「硬」起來，恐怕真是連大羅神仙也救不活。

而吳神父居然也果真醫好了他。

由於吳神父的驅魔儀式完全不對外公開，沒有人真正親眼目睹究竟發生了什麼。但仍有傳聞指出：男人一直不讓人砍掉的身軀裡的那棵樹，事實上原來是一個木製的十字架，化身作一棵硬扣扣大樹（還可以讓蜜蜂蝴蝶攏來住，下過雨後，連紅蜻蜓都來）。至於那條蛇，男人口中直嚷嚷的足大足大的蛇，說是果真還有一個什麼名字，叫了還會應，有叫有應。但無論如何到最後，還是被吳神父叫它的名字硬生生給驅趕走了。

據說一條足足有小碗粗的黑色「足長足長」的長蛇，一游一游還游了好一下，才游出聖堂就此不見。

「真是末世啊！世道人心敗壞至此，居然有蛇膽敢去爬在十字架上，它以為它是誰？不只要被驅走，還該放把火燒了，才不會再回來為害。」信洋教自稱對教義略懂的人說，加上註解。

回復能活動的王姓鄉公所人員回去上班，但不久後，藉著外調到他方，整個家搬走不知去向，也不知後來是否有再重犯。

這件事當然嚴重傷及鹿城和鄰近地區的各大小廟宇，從祭拜釋迦牟尼佛、玉皇大帝、觀世音菩薩的大廟，到拜媽祖、三太子、王爺、濟公、王母等等各大小廟宇。

各家廟宇的主事者都有各自一番説詞，以宣誓並非自家神佛不夠靈驗。然替王姓鄉公所人員驅出身上「歹物」，居然還得靠遠從外國來台，信洋教（一般人稱的麵粉教）的阿凸仔吳神父，雖不是什麼欺門踏戶的事，但也的確夠不光彩。

紅姨也被有些人私下指責家醜外揚，自己法力不夠還要牽拖外來的洋教，真是「丟人丟到太平洋」。可是畢竟一向自恃文風鼎盛的文化古都，鹿城人最引以為傲的是絕非一般的庄腳市井小民沒常識，公開的説法便仍承認：

那王姓鄉公所人員，的確是鹿城和鄰近地區的一些宮廟都束手無策，才由外人插手獲救。紅姨如此作，也是不得已，她不也等於公開承認自己有所不足？是故也不用多加苛責。

雖然不少人沒説出口的是：

醫不好就醫不好，也不用作球給人家打，讓他人得利，自家人顏面掃地。

更何況，自此事件後，據説還真讓天主堂信洋教的人倍增。連那些過去信佛信到「佛祖會吃糕仔」的人，有的也轉去信洋教。

鹿城人不相信吳神父所説，耶穌、唉阿瑪麗亞不必依傳統祭天拜神得用全豬全羊，連拜祖先的雞鴨魚肉都不必。鹿城人基本上是不相信吳神父說的只拜鮮花就可以，那麼，總要拜個糕仔、點心才不失禮。

有人便說，耶穌、唉阿瑪麗亞會下來吃掉供奉的糕仔。

因為糕仔不見了。

（各大小廟宇就此少了一些香油錢！）

不多久後，那一向善於編派是非的鹿城人，更有傳言指出：

不管是青蕃、熟蕃，都和那吃教的麵粉教，有十分密切的關係。蕃們比漢人早信洋教兩百多年，而且大多數蕃都信洋教：什麼耶穌基督、我天上的父、唉阿瑪麗亞……

紅姨認得出阿凸仔的魔、鬼、怪，實在有道理。青蕃、熟蕃、阿凸仔本來就都是蕃，紅姨自然兩邊、兩方面都會通。

「攏是蕃，攏嘛是同國的。」

景香方不敢堅持，這一切都是母親的發想。

紅姨的法術裡面，誰知道有無混雜到天主教的驅魔呢！紅姨的過往本來就沒有人知道，她曾經經過一些什麼事情，也都無從探問查證，也許機緣偶遇，紅姨還真的通靈通到會驅魔呢！

3

紅姨雖不曾獨力完成這樁「驅魔」事件，但她的法力至此在鹿城人眼中自是無庸置疑。她從為人收驚、尋人、尋找失物、斷定好壞姻緣、看前程、驅逐歹物魅仔……被認為大都靈驗有效。

還有那極少人得知內情，但更傳得沸沸揚揚的替從政、有錢的人看運勢。

「準得不得了。」人們都這樣說。

紅姨的法力被認為天生天成，她不像乩童，辦事時自己「不在」，神明來附渾身抖顫跳動起乩，還會拿鯊魚劍刺背血痕處處，醒後則對發生何事俱不知。紅姨以芒草沾神水點化淨身為人作法，多半時候看來意識清明，「神入」時也不過有若閉眼神思冥想，不致太嚇人。

「搬的是文的，不是武的。」自許文風鼎盛的鹿城人也只願這樣承認。

仍指證歷歷紅姨每遇重大法事得大量喝米酒、早些年還嚼檳榔，一口一口吐檳榔汁像吐血一樣，實在仍然蓄性不改。

整體來説「雲從堂」仍為人們認為有事相求時很靈驗，但充滿法術靈異，總是邪魔外道——

誰知道那蕃婆手裡還有著什麼。

（那一間始終深鎖的房間，裡面藏著、養著的可是什麼?!）

至於那作為桌頭的景家大小姐呢？她過往可是不見神靈淵源（還有個私生女兒被棄的失足婦人），就算她「聽得懂」紅姨説的話，並代為發言，許多事操之在她，萬一一個閃失，錯傳神旨，可還得了?!

鹿城人們自然又是一陣議論紛紛。

雖然「雲從堂」在興建「四間面」過程中，母親顯示出過人的管理、統御能力，雖不曾拋頭露面親自外出到「山內」安排搬運事宜，但當一車車的鐵牛將建材運送到達「雲從堂」，母親充分的展現出統合、調度的規劃能力，將編號的材料一間間整理出來，方便以後重新組合。而且，在分派工作、購買新的建材，更是將每一筆帳目都整理得清清楚楚。

之後，「雲從堂」規模日益龐大，最盛大的時期，有二十幾個人在此共修，母親更訂立規矩、分派工作，讓「雲從堂」順利運作。知情的人，都稱讚她的能力、才情，認為是老頭家的功德。

「只可惜是個查某人。」人們這樣說：「豬不肥，肥在狗上。」

當然，也為編派老頭家兩個只會在他的羽蔭下享福的兒子，尤其這時節老頭家為扶持大兒子在農田水利會任職，也就加入了國民黨，還有一說老頭家先在作布局，兒子接掌後，他便要出馬競選。

至於競選什麼公職，就得看國民黨在地方上的布局了。為了贏得黨提名，老頭家幾番特意拜訪那出身「中台灣世家」的議員同學，商談以他經營起來在鹿城的人脈關係，作為議員同學的「柱仔腳」，加入地方選舉取得公職，好共同結合壯大海線的「紅派」。

（地頭上已經喚水會結凍的老頭家，終歸還是要聽「黨」的。人們編派的說。）

有能力、才情的母親，私下也被指為仗恃著紅姨的傳話人，「拿著雞毛當令箭」，專斷、獨行。

景香也知道，「雲從堂」裡有著不同的聲音，說的是母親並非「有量」的那種人，才會沒有「福」。

——否則怎會被人拋棄！

（這跟著母親一生一世的詛咒！）

然母親自己守著最嚴苛的自律，無從於她的私德挑剔，最後都是議論者自行離去。

就拿她那一頭為人稱道的雲雲秀髮來說，母親能如此「揮慧劍斬煩惱」，也讓人服氣。

娟秀美麗的母親，來到「雲從堂」長時嗜睡醒過來後，一直將一頭秀髮梳成後腦梢的大髮髻，永遠嚴嚴的一絲不苟，連其時婦人們梳髻後愛擦、方能使髮色油光水滑的頭油都不用，但依然一頭烏金柔絲，豐茂動人。

最早開始擔綱作紅姨的桌頭時，母親也維持這樣的形樣，但一當鹿城有女人開始剪短髮，母親立時讓「雲從堂」弟子隨意的將一頭長髮剪成齊耳短髮，彷彿那頭三千煩惱絲真是禍害，不除之不快。

短髮齊耳腦後便有俗稱「雞屁股」的一塊，雖然後來也成為流行髮型，但當時仍不登大雅之堂，便有好事者稱：

「乾脆剃掉作姑子算了。」

母親不為所動。

景香一直記得，她雖像許多孩子，從小討厭洗頭，母親也藉此一直讓她留短髮。但長年以來景香一直想要的，卻是留像母親那樣一頭雲雲的長髮，還可以燙成浪漫的大捲大捲，是那文學名著、漫畫裡女主角的經典形樣。

然自從母親讓「雲從堂」弟子隨意的將她一頭長髮剪成齊耳短髮，景香知道母親不可能讓她甚至心存這樣的幻想。

母親不僅從來不會與她談說這些服裝髮飾「女人們」的話題，基本上也不同女兒談心。只以最嚴格的方式要求學校的功課，她希望女兒成為「有用」之人：懸壺濟世的女醫師、為人伸張正義的女律師，要不然研究發明的女科學家、女教授也可。

景香知道，一定只有把成績單上的成績照顧好，才能過母親這關。但私心不無羨豔同學們那「情同姊妹」的母女關係。

懂事後景香背著母親閱讀的大量小說，很快的為母親與自己的關係找到了解答：母親一直心中懷恨著那遺棄她的男人，每次看到孩子，總一再的提醒自己這是失足留下的孽種。

她是母親一次又一次失足的提醒，母親見到她當然也成一次又一次的悔恨。

所幸還有紅姨，景香吱吱喳喳的把學校、外面發生的一切，拿來同紅姨說，景香不知道紅姨聽得懂多少，但至少紅姨成了景香在學校裡少與人來往、沒有手帕交的唯一談話的人。

（年紀長到可以作祖母、曾祖母的紅姨，通常只有一兩句話，多半時候，景香總覺得至少是種回應。）

景香最愛的是，在母親的督促下將學校的功課作完，通常已是遲夜，紅姨早已睡下，景香回房裡，依著側睡的紅姨肥軟的身軀躺下，紅姨不僅要將她擁在懷裡，還要把她的雙腳夾在自己的腿裡摀暖。就算冬夜自海岸盤旋到來小土崙的九降風森冷刺骨，紅姨暖呼呼的懷裡，可是暖勝爐火。

景香還有一個說不出口的祕密，那就是盛夏暑熱裡，小土崙上雖然溫度略低，但總是熱，回房睡時，她也會將雙腳伸進紅姨的腿裡。肥腴的紅姨可真是冬暖夏涼，沁沁冷涼摀著更勝電風扇涼風。

景香不敢大聲嚷嚷，因著冬天裡靠紅姨摀暖，還可以說是身子骨虛，只有如此。夏天賴著紅姨冰涼，沒這個必要，說出去一定會讓人以為她不夠體恤。

只景香一直改不了這習慣，直到她考上大學離開「雲從堂」北上就讀。

紅姨也一直由她。

她們兩人之間小小的、不足為人道的祕密。

4

許多年後，紅姨與阿火師的最後那一場鬥法，在鹿城市井小民之間，仍傳誦多時。

在一間王爺小宮廟裡起乩跳神的阿火師自恃功力高強，看一個「查某人蕃」根本不在眼裡，欺門踏戶來到「雲從堂」單挑。

據說紅姨有能力退敵，要應付一個阿火師根本不在話下，但紅姨透過母親口中明說：凡事有得必有失，有贏必有損，使用法力反彈回來的力量只有讓「雲從堂」內糾紛不斷。前幾回兩相鬥法下來，連那跟著紅姨數十年的最年長弟子妙心，都外出去自立門戶，還帶走一些「雲從堂」人員。

不堪其擾，紅姨立下最後一輪定輸贏比鬥：

相約要如何渡河。

那時節鹿城的深峻港口已然不再，大肚溪及其來到鹿城出海的支流，挾帶多次颱風來襲、大量河川氾濫引帶來的土石流，淤塞港口。不僅大船不再能靠，港口海邊漸成泥砂海埔新生地，進得來的海水灰濁，蔚藍深水的幽海成愈來愈遠遠在外的夢想。

（怕是夢中也難越那林投、菅芒叢生的荒癘之地。）

日治中晚期鋼筋水泥大橋未建之前，來到鹿城出海的大肚溪支流河道淤塞成小溪流，見過大海大河的鹿城居民，乾脆就只喚它作「新溝」，意思是連小溪流都及不上了。

就算是溝，也是汪汪一道水流，泥砂堆積的外海也已無所謂潮汐，新溝不會有潮退露出地面的光景，即便河寬四十來丈，水流平緩也不深，兩岸仍靠大型竹排擺渡。排筏較一般魚塭深溝的五尺來寬竹排大上兩、三倍，牽牛搭排渡河亦非難事。

然要使用法力神通渡河，就不容易了。據説阿火師持戒閉關三月，精心厲練通天神法，費盡所有心力，借助鹿城秋冬著名的九降風，在天上又飛又跳又躍，好不容易到抵對岸，全身衫褲盡濕，連説話都無有力氣。

（這神通僅於聽聞，從沒有人得見。阿火師是夜如何到得了水的彼岸，無人知曉。但從阿火師方面傳逘出來的説法，也要如此加強它的超高難度，方要令人採信，可見其神通果真不易。）

紅姨則花了其時的兩元錢，買了一次的排筏渡船票，要擺渡的人渡她過河。

據説在幽暗的靜夜河上，紅姨一身平常白色衣袍，輕鬆自在的坐在她包下的排筏，擺渡人也因承載輕便，趁著夜風，片刻之間到達彼岸。

據聞往後阿火師一再譏笑紅姨渡河，那是什麼法力、神通。據說紅姨透過母親輕笑閒閒作答：

「什麼神通?!神通不過值兩元錢?!」

長年來一向以「文風鼎盛」自詡的鹿城人，引領風潮的地方士紳，站在紅姨這方，斷論他們認為這沾點禪意邊沿的「神通不過值兩元錢」勝出。其實也因著他們素來看低貶視那搬武的阿火師。一向排比的「吹鼓吹、剃頭仔、戲仔、道士」，阿火師不是排最下賤四種人的最後！

然言詞之間皆不信紅姨有此「禪意邊沿」意境，推想是那作文生的母親從哪本書中看得的橋段再以此複製。

他們一直不相信，一個熟蕃尪姨與一個失足的婦人，這樣能「組合」出什麼。

景香卻總以為，紅姨坐排筏渡河，不見得是聽從母親的設計，只是一如她常說的方式：打雷就會下雨、睡了就會醒來等等，十分自然，不需要什麼神通、也不是什麼禪意。

第二部

流浪的菩薩

景香童小時就曾在「雲從堂」見過紀宇中，景香毫無記憶，可所有的人都稱是。

景香卻要刻骨銘心記得的，是那溫泉旅館裡的一夜。

1

那溫泉旅館在山中溪流的盡處。

日本人百多年前即來此，之後也形成旅館累聚的溫泉區。敗戰後日本人離去，新來者拆去錯落山間水旁的黑瓦原木日式房舍，蓋起的是一棟棟外貼瓷磚的水泥樓房。

然不變的是優越的溫泉水質，隨著島嶼經濟起飛，沿溪也紛紛蓋起時新的高樓旅館。

這溪流盡處的溫泉旅館不算新，雖並非只此一家，畢竟是孤立在道路的盡處，過此後就是一片荒蔓野生林地。

原本就令人不安。

他們一夥人從台灣各地來到這東部山城「採集」原住民的文化，那時節文化圈的關懷議題之一。在地接待的友人擁有這樣一間小溫泉旅館，便出面「按捺」這一夥前來的遠客。

分房時他原非分到邊間，是景香拿著房間鑰匙匆忙回到大廳，向仍在廳裡抽菸的幾個人要求換房間。

「我本來就不敢單獨睡一個房間。」她說：「何況還是邊間。」

他們男人一定只有與她交換房間。這個時候，她就是女人而他們就是男人，什麼女性獨立、女權主義都不再相關。

紀宇中立時掏出鑰匙，那個片刻裡他果真知覺到她的害怕：又是一個不敢單獨一個人睡一個房間的女人！

同行的人這才稱許邊間房間會更大，景觀最佳，可以從旁看到外面的景色。

那夜裡紀宇中原還不覺得怎樣，到房門口還是心中暗念：

「只來打擾一夜，請見諒！」

才轉動鑰匙推開門。

對於入侵到一個陌生的場域，特別像是旅館，不僅要入侵還要進住一段時間，尤有各種竅門。不僅要禮貌的示意告知對方，開門時，自己身體要閃到一邊，讓出一個空隙，好讓對方可以從房間裡出來。

（如果對方不願同居一室。）

仍有極小極輕的騷動，基本上就是氣流，擊襲來的異樣感覺。立時就知道不對，還不用仔細看房間內硫磺水氣沉重了壁紙、油漆，邊角鼓起脱落；木質家具有若浸過水。居然還新鋪了地毯，常見的那種深紅色塑膠地毯。

（更加重懷疑是不是發生過什麼事，才需要如此滅跡。）

房間果真敞大，所以還能特別稍稍墊高部分，作了個接近S型的收邊，將一張巨大的雙人床放在上。可惜面向道路盡頭的這一面，不曾有落地窗、甚至沒有開窗，只有一片實心的牆。

不免期待落空似的，雖然原也不曾有什麼真正的期待。就算能從這房子的盡處往外看，除了那片野生林地，還能看到些什麼?!

回房時已不早，摸摸弄弄要睡時，早過了十二點。

躺在床上，是那自覺睡在S型的一邊，像太極圖型陰陽相隔，才使他口中誦起大悲咒，而且愈念愈清醒，後來乾脆坐起盤腿念了大半個小時，方有了睡意躺下身。

模模糊糊是睡著了，但突然之間發現自己全身遍處，滿布小小黑色點點，遍體四處全黑（看不到的臉面脖頸是不是也如此？），然後感到那小小黑點還是活著，蠕蠕動盪。

全身被埋在什麼會動的黑色東西裡。

是不是趕快睜開眼睛，低頭下望，還是只在感覺中心裡一沉吟，是全身上下無處不爬滿黑色的螞蟻，萬頭鑽動。接著到來一陣萬箭齊發式的搔癢。

（不管是不是真的「看見」，那種癢是真的。）

那黑色的螞蟻於全身四處啃食，一頭鑽下就不再起來的架勢，掠奪著往下深挖，吃得凶猛而專注。這時紀宇中腦中居然還閃過一個可笑念頭：

自己有這麼好吃嗎？

本能的要伸手去撩撥掉螞蟻，不僅手不能動，全身上下俱動彈不得，那種整個人平躺懸浮在空中的感覺再次到來。因為不能動，也就不知道是不是真的離床浮起。

過往經驗，這不能動彈反使他不再那般驚恐，下一瞬間，更大的恐懼帶著不能去搔的愈發劇烈的搔癢到來。

不能搔的搔癢轉成較疼痛更甚的癢痛，癢，原來癢到最終是如此難受的痛，全身遍處。

這次，是不是真的玩完了？就到此！驚恐中，紀宇中只能說真是抓狂瀕臨崩潰。

瞬息間電光石火本能的反應：

剛才忘了念回向文。

其時念了大半個小時大悲咒，為的不是自己，而是要回向給直覺中一屋裡滿塞的怨靈：因邊間方便群來聚此的孤魂野鬼，如此的滿溢方有這般奇特的氛圍。將經文回向給他們，也或能消除罪愆，於他們有助，不來犯他。

卻忘了念回向文，那多次誦念大悲咒的功德，便全積累於自己身上。可是得是怎樣飢渴的厲鬼，方能如此奮不顧身、而且膽敢向自己身上索取，化為億萬啃食的黑蟻，要掠奪走那大悲咒積累於自己身上的功德福報。

那邊間果真有利怨靈們聚此，而且數目如此多如此凶猛。

紀宇中收心攝性，大聲念出那熟稔到不用背誦立時來到口中的回向偈：

願以此功德
莊嚴佛淨土
上報四重恩
下濟三塗苦
若有見聞者
重發菩提心
盡此一報身

卻仍不得安穩，突來的念頭，紀宇中迅速翻身下床，踩著上床前放置的鞋子，還是照規矩不曾兩隻鞋子並排，而是一隻鞋頭朝前、一隻鞋頭朝後。

（如此他們才不會順利的踩著鞋子就上身來，可是對一群飢渴的「魅仔」，顯然沒有用?!）

稍略披上外衣，紀宇中下樓去敲他原分配到的房間的門。

景香撫著男人的身體，有若那誦念過的經文，一遍又一遍的果真附於其上。千百遍同樣經文的字附在同樣的身體位置上，字字全堆疊在一起，重重筆劃累積成一個又一個的小小黑點，不再能辨識。

不是一直有那樣的傳說：男人卡到陰，夜裡被怨魂帶著進入異界，白天日益消損。為防禦鬼靈再來，大德高士在他裸身遍體以朱砂筆寫上金剛經。然總有一處，總有一處身體上某些細小的部位，忘了寫上經文。

（對不起，並非那眾人立即想到的男人陽具。寫經的大德高士也是男人，當然留意到這部位。或者，卡到陰的男人也會特別在意。）

夜裡前來索取的怨靈，看不到已由朱砂筆寫上金剛經的裸身。經文保護下怨靈看不到多半男體，只看到一片空無中，浮在虛空中的一處男人細小部位。是的，那忘了寫上經文的部分。

（有說法是一雙耳朵。）

所以是浮在虛空中的一雙耳朵。

怨靈無什可帶走，最後，一雙耳朵也好，便強行撕扯要帶走這雙耳朵。男人慘遭耳朵撕裂之痛，但保存下軀體。天亮後成了無耳之人。

（之於紀宇中，那群怨靈究竟啃食去多少經文？會不會因著餓鬼的啃食，方落實了那經文確曾附著於男人的胴體?!）

而似仍附有經文的男人身體，不知怎的有種奇特的吸引。恍若在接下來要發生的雙體交纏壓覆盤擠廝摩搓揉中，那胴體上承載的經文，果真有著另種可能，滋滋麻麻的也刺激了自體膚觸?!

（與一具承載經文的肉體交合！）

一陣心蕩神馳。

「你念回向文後來怎麼了？」景香呼出口氣，問。

「然後就沒事了。全身黑蟻不見，又能動了。」紀宇中笑笑說：「可也不敢再睡了，就下樓在妳這裡啦！」

「我也覺得那房間不對，又是邊間，才下去換房。要不然就換我不知怎樣了。」景香心有餘悸。

「也不一定，如果我不是心中不安念大悲咒，又忘了回向給他們，也可能什麼事都不會發生。」

「可是這回真嚇到了?!」

紀宇中認真的點頭：「真嚇到了！」

「還好你反應得快，慢一點，黑蟻吃完經文，連帶著真會把你的身體吃掉。我看最愛吃、最好吃，最先被吃掉的，就是這個啦！」她愛嬌的說。

她的手觸及男人衣物下的陽具，那陽物適才在一陣親吻愛撫中，早隔著質粗的牛仔褲明顯的脹大了起來。卻是經此一說，霎時間全軟倒下去，不再奮張的陽具一縮下去，瞬息少了一大坨，有若真被吸取、吃掉似的。

「呸！不要亂講。」男人恐慌的回應。

景香也不免一陣驚心。想到在那志怪傳說裡，與鬼狐性交後的男人，精氣日損。元陽會被吸走，從他們這可立時縮到如此小的陽具，真可見一般。

（吸走了所以小下去了。）

只有他們男人身上有這樣能瞬時變大變小的東西，而且大／小之間毫無損傷，多麼神奇！景香觸撫著那陽具，那夜裡兩人原該能好好戲耍一番。

（被那承載有經文的男體壓覆，那經文已被吃食成斷簡殘編，殘碎的經文失去了保護的作用，她便能成為下一個截取者？即便啃食到來的已所剩無幾，仍是經文，她們所必須?!）

紀宇中卻立時制止了她。

景香害怕那時要他再起，恐怕都有困難，只有停下手中的把弄。

卻在如此動蕩中。

她是不是在睡夢中，或只在恍惚的剎那，她趴伏在他身上，啊！不，她並非在啃食他身上的經文，再轉過來一張嘴角滿溢鮮血的臉給她自己，看到。不！她也不是在嚙咬他軀體上的血肉，再往下要挖掘出心、肝、腸、各式臟器……

不！她要的是與他身上那殘缺的經文，交合。

男人身上鋪陳的殘碎經文不再有法力，方使她有能力能「進入」。先是文字成異念綺思，每個字掙脫了被經典約束住了的意義，脫離了上、下文，字字句句獨立出來。

當「愛」出脫了「遠離顛倒夢想」，當「愛」只落在「顛倒夢想」的殘句裡，「愛」便成為只是愛，還原回來成顛倒夢想的愛；當「慾」無從去掉下面的「心」，「不見可欲」便能殘碎成「見可慾」。

她慾想那附有經文的男體，是不是那經文曾讓他有若身上帶著刀、劍，無形無法近身。於今，經文殘去，愛慾出脫，她方得以入侵，更顛狂更翻倒更激烈更極致！

她是不是能以她的肉身，去填補那失去的經文段落、字詞？她是不是於殘缺的經文中以裸身去擺飾出那失去的段落、字詞：當「不應住色生心」，被啃食去了「不應」；或者「具足色身」，只見到了「色」與「身」，色不再是色，身還是身，色不再是佛經指涉的「色不異空，空不異色，色即是空，空即是色」，而成了一般約定俗成的「色」：情色、色慾、色念、美色……

或者：

若以色見我
以聲音求我
是人行邪道
不能見如來

只要少去少數幾個字，成：

以色見我
以聲求我
人行邪道
能見如來

（啊！我的愛慾豈不是成了經文。

我在被啃噬去的殘缺原典中，作成我自身的經典，當然，還有我得以訴說的典範說法。）

她愛慾的是與他身上那殘缺的經文結合（交合）？從中，她獲取了那經文，她或能贏得救贖——她自己的救贖，而這救贖並非經由男體，是經由男體上的經文——那過往只有他們方可以是那經文的承載者，她一定只有必得經由此獲取。

她知道她這樣不可抑止的慾想是在褻瀆神聖，她感到害怕，可她無從控制。

2

景香會被一再的告訴，那一日烏魚來汛的豐收日，海邊黑雲滿布九降風盤旋海水森冷的冬日，當她哭著轉身往相反的方向走去，不遠的前面為紅姨彎身抱起，和同母親被收留回「雲從堂」時，大她不少歲數的紀宇中，已然在「雲從堂」住下一段時間。

（所以他們早就相識。）

雖然是個「查甫子」，貧病的父母雙亡後，紀宇中仍然只有流落，如果不是紅姨善心收留。

然這個面相清俊的小男孩，卻由一位偶前來打尖的命理師，斷定了不能活過九歲的惡命。

紅姨摟著這不知怎的總深自恐懼小男孩，沒有人知道只是為著安慰他、或者真是一種玄祕之術，開始用一個奇特兩音節聲音喊他，說是為他改了新的稱呼，也要「雲從堂」的人這樣呼喚。

更要他在那基本上是砂石地的小土崙上，找到較黏的黏土，以黏土捏造成佛塔，一層一層的堆疊造塔，再要小男孩覓來小山丘上小花小草，和著「雲從堂」喚唱祭拜虔心禮敬。

小男孩開始捏土造佛塔，很快的展現了他精巧的手藝，他造佛塔的形樣原只來自鹿城「作法事」祭祀儀典裡掛出來的西天極樂世界，但之後愈來愈多樣，三角錐型、圓盤型、方圓混和佛塔……也愈來愈雕築裝飾各式紋路盤纏。

只不論什麼形樣，佛塔一定有傾倒的時候、或是下雨、大風，或只是泥土風乾不再相黏，佛塔崩離頹散，小男孩則持之以恆的繼續以土再造佛塔，每日早晚虔心祭拜。

他安然度過九歲，而且，紅姨發現了他的玄異。

男孩清楚記得那個在紅姨懷中被抱回的小女孩，記得那長期躺臥的小女孩美麗的母親，可是一年多後，他就會離開「雲從堂」。

他的離去和小女孩、小女孩的母親有關。因著她們留下來後，「雲從堂」雜沓的來了各式各樣的人，看來都是「重要」人士，有醫生、她們的親友，然後有一天，來了那位政治人物，頗有名聲的議員。

議員與紅姨在那有觀世音菩薩雕像的廳裡談了許久，臨離去前，紅姨在他手上畫了一個什麼。紀宇中知道是以作為祝福。可是當時他只站在院落遠遠的一角，從「三間面」中間的大窗戶，看到了紅姨畫完後以手覆上議員的手，讓議員右手握起拳頭包住她所畫。而議員的拳頭手指縫裡，滿滿的溢出道道金黃色的光。

「啊！光！」他不覺脫口而出。

議員明顯的詫異，朝著他走來，俯下身來，小心的問：

「你看到什麼？」

「你手裡一直在放出光，很亮的金黃色的光，從外面看得很清楚。」他照實回答。

紅姨呵呵笑著來到兩人身邊，彷彿一切早俱已為她所知悉。

「你知道我畫了什麼嗎？」她問。

「我不知道。」他坦白的搖搖頭。「但現在有一個『佛』的字在他的手掌心，還有一些不知什麼符號，我不認得。我看到的光就是伊們放出來的。」

幾天後他被告知：議員要認他作養子。他會有機會進更好的學校、甚至出國讀書。

紀宇中方離開「雲從堂」，跟著議員上中部省會大城，議員的選區。收養的法律程序戶籍登記時，議員用紅姨呼喊他的兩音節聲音，以中文寫成了那樣氣宇軒昂的名字：宇中。

議員來自極其富裕的台灣人世家：

「日本時代，整條現在的中山路，沒有一半，也有四分之一是他們家的。」

議員是老頭家昔日的中學同學，沒有生女兒的議員一向十分疼愛千鶴，曾是為心中的最佳媳婦人選。即便發生了那些事，議員還是特地為她流落台北時不知情、未能提供協助，前來表示歉意與關懷——當然是背著老頭家，當然也知道老頭家事後一定會知曉。

議員來到「雲從堂」，為某種感應所震懾，詢問起紅姨有關下屆的選舉。往後應驗了，議員捐來大筆善款以為回報。

紀宇中離去後一直記得的是那長期躺臥的美麗的母親，可是並不知道只消不多久後，那母親會從長時昏睡中醒了過來。

他當然也沒有機會看到小女孩長大，並且，是他往後識得的景香。

他們認識在「解嚴」後、獨裁強人過世，兒子不曾接班，九〇年代風起雲湧的另一波運動，當然還是街頭抗議，最首要是該屬廢除叛亂罪唯一死刑的「刑法一百條」、還有那著名的「野百合」學生運動等等。

景香承認，從見面的那一剎那，往後，於相關活動的相處中，她即為他所吸引。

啊！是啊！這尚不到中年的男人卻有這般難以言說鬱抑的滄桑，彷彿他太早經歷、嘗試過了一切，太早洞悉了所有，而致他神色中一直有著那樣哀傷的困頓，卻又時時展現他的和悅與親愛，那種從廢墟中站立起來的包容。

景香不否認她的愛情從看大量的小說而來（母親是不是也因此身墮人們所言的迷障中）？可紀宇中那一頭雜亂帶天然鬈的柔細鬈髮、好看的削薄的臉、瘦高的身量、纖長的手指，在在引發她無盡的愛與憐惜。

（她只不過在重蹈所有笨女人的覆轍？）

然景香很快的即知道，在這個圈子裡，還輪不到她來提供慰安。

早期「二二八」、白色恐怖時期，參與反對運動的異議分子，不知道明天在哪裡：失蹤、被逮捕、關入不知在哪裡的監獄、被槍斃。既然不知道會有怎樣的明天，彼此有如此的相惜：今夜，就在今夜，酒意微醺中，有了彼此作為最終極的慰安。錯過之後，誰知道下一次身處何方。

時至九〇年代，於今共同從事運動的男女同志，仍可能被關，然被槍斃的機率已經不可能。只是目標既定為達成推翻、改造的運動，不只容許本就鼓勵種種衝破、逾越。

男女之間，那又算什麼?!

儘管周圍著許多的愛慕，紀宇中卻有所堅持，圈內甚且傳言，他只鍾情於一位同志之妻，卻又無從表白。那女人一身似雪白肌、一頭雲雲黑髮攏起後露出弧線曲延的頸背，那樣「日本婆子」的無限風情，秀麗雅致，絕非其時九〇年代初場面上大都西化的女性可比。

當紀宇中接續起景香是「雲從堂」那長時昏睡的美麗母親的小女兒後，對景香那樣百般的寵愛，讓那些鍾情於他的成年女人，視景香為敵。然只有景香知道，為著某一個緣由，她將始終得不到他——像一個女人一樣的得到他。

是因此紀宇中向她傾訴了許多他的「祕密」?!

在英國讀書時，他參加了那祕密的組織。要加入必須在被指定的地方去偷一樣東西。並不是隨便任何東西：小商店裡容易入手的口香糖、一件內褲、一包香菸……啊！試驗當然絕不可能如此容易，要偷的會是某個知名的商店，某個不是太小的商品。如何去偷當然事先有所教導：必要的技倆、察言觀色的能力、風險的評估……

（有人生下來就會是個小偷嗎？）

去踩線而不致被店裡的人發現、起疑，想必是必要的。知道監視器的所在、角度，如何、何時下手（當然是人多的時候?!）。

紀宇中說這個經歷給景香聽後，景香先是十分不安的問：

「那你有沒有失手？」
紀宇中安然的搖搖頭。
景香呼出一口氣：
「還好，要不然留下紀錄看你怎麼辦。」
「放心。」紀宇中好整以暇：「不過，我是個外國人，一張黃種臉孔，特別容易引人注意。嗯！的確不容易。」
可是景香再怎樣詢問，包括他下手過幾次、第一次通過「考驗」的是什麼，紀宇中都不再進一步回答。景香因而問自己：
是否也做得到呢？
她先是持否定的想法，在「雲從堂」裡，她仍是那在母親的管顧下很少接受真正挑戰的小女兒。她更會害怕，害怕失手被捕，害怕面對失手後必得面臨的困境……
她知道自己缺乏去做這種事的能力。但仍然有一個聲音在心底的深處探出頭來說：
可是離開「雲從堂」後，如果是足夠的好玩，如果還更年輕，如果有機會，如果是一堆人做同樣的事，尤其是由紀宇中帶領，他們同樣來自那神奇的所在，那據說會有著特殊感應的靈地，他們共同的源泉，即使他早具能力而她仍在摸索之中，只消同在一起……

她知道她是會去做的，那當中會有一種因自我揚棄而有的殘忍的快感，即便她是這麼缺乏安全感、這麼容易驚嚇害怕。

（這是不是使得他們是「同一國」的人？她也才會如此深切的為他吸引，他們都在那逾越的邊界，只不過他走得更前面、更多一些?!）

紀宇中說，像他這樣的人，會跟著流著的血液走，還有那來到「雲從堂」童小期間的歷練，紅姨教他的所有一切。否則，他被收養後身處的家庭環境、社會階級，讀書過程中有那麼多散播的各式消息、說法、理論、意識形態、政治取向等等，何以他會選擇這種來相信，而不是另一種。

他的議員父親，那樣日式的嚴格教育方式，從他被認養後，送到最好的私立學校，考一百分是當然，九十九分？議員父親不會體罰（孩子畢竟並非親生，怕落人口實？），一頓訓斥免不了。

他永遠只能做對，不能出任何錯。

他的議員父親家族中曾有成員，那要繼承家業的長孫，議員父親的堂兄，在「二二八事件」中被槍斃。家族花了大量的金錢疏通方不曾被牽連在內，接下來，議員父親適時的表態加入國民黨（他一定得較那遠來的其時稱的外省人，表現得更像外省人）。

總之，他贏得遠從中國來執政的統治者的認可，他繼承家業的地方勢力，也是執政者需要的地方「樁腳」，最重要的，是要作成台灣人也進入政圈參政的「樣板」，他的議員父親有了在其時的台灣人當中，如此高的政治地位，即便難說有多少實權。

為了其時仍有的兵役問題，紀宇中於中學未畢業就以商務考察名義出國，再送到英國讀書。畢竟是為台灣的世家，認可有長遠文化源流的歐洲，而不是當時更多人留學的美國，英國仍是首選。

他在英國讀的「政治哲學」，一直不曾拿到正式博士學位，雖然希求能在他喜愛的歐洲留下來，仍為議員養父叫回台灣作他的基金會主任。

3

她有這樣全身毛骨悚然的驚嚇。

是不是曾經，在不知是醒著還是睡夢裡，車水馬龍交通最繁忙的時刻，突然在馬路中央，轟一聲眼前全黑。稍慢、但還不到慢動作的速度，從遠處，下一秒速然就來到面前，一列多人抬轎前行的行列。轎夫飄忽的跨步與轎中一閃的一張一閃而過莫辨的臉，還依稀聽得一陣鐃鈸鑼鼓，笙笛，伴隨吹奏淒厲的嗩吶樂器，集合成吸神天音的聲音／音頻顫動直勾引身體內裡共鳴似的亂顫抖動。

景香頭皮發麻感到滿臉充血全身遍體寒毛直豎卻又手腳冰涼。

接下來明顯可看出整隊鑼鼓吹奏樂手，轎子行列從身旁移過，是風吹還是轎內的人掀起轎簾，轎裡的人的一張臉：

啊！明明白白的豈不是自己?!自己的一張臉，並非鏡中得見，而是親眼目睹，竟是如此特異，與自己面對面，瞬間以為並非自己／可又是自己?!是自己／可又非自己?!

轟又一聲，一輛大卡車就離在咫尺、剎車聲喇叭聲中，自己／非自己，就站在馬路中央。

比景香更驚嚇的卡車司機真正是「破口」大罵，五字經裡的「幹」、「駛」老母，接下來的「找死」，果真是從「生」罵到「死」。

（伊們可是要接走自己?!

還是自己已然在那裡？）

哪一種方是更大的驚恐?!

還是所有這些，根本就集中於一身、一個身軀內。才會有這麼多的手，這麼多的腳，要從軀體突破的伸出，如此伸展推延、伸、推、延、展、拳打腳踢、拳腳踢打、要

伸

出——

伸出的手持的器物又何為？

是不是一直有這樣的經典形樣：坐著、兩腿岔開平行向前直伸，上半身向前傾，伸長雙手，一手拿著法器、一手拿著半邊的頭殼……

為什麼是坐著，因為穩固，那肥大的軀體下盤穩穩的緊貼著放在地面，兩腿直伸，好能坐穩。岔開的兩腿不為露出陰部，那一般以為要被看到的所在。啊！不！陰部要被看到絕非坐下，而應站立，臀部向前迎承方便門戶洞開；如要坐著也該大字型岔開雙腿，陰部方能一覽無遺。

陰部要被看到絕非這樣坐著臀部向後、只有上半身傾向前、兩腿向前直伸，還把兩隻手如此長長的伸向前。

無限的企望，是啊！整個向前伸的軀體有的是無限的盼望、企求、渴慾，渴想要求並非自身要回什麼、要被滿足，而是外向的去要、伸長雙手、整個身軀向前傾的去

要——

要別人的東西、要旁人的什麼能盛入那半邊頭殼的骷髏碗內?而裡面盛血的骷髏頭盛的可不可以是自身的血,經血,自己方是自己的戰利品,血祭不用征服敵人的血,就用自己的血來祭自己。

啊!青面獠牙原才是自身所出,壓下來體內緩緩不斷的驚恐,不能不破突而出,以為方可以找到……從內裡不能不露出青面獠牙,卻也嚇到了自己……

她因而也曾希望,她也有和他一樣的特殊能力,那麼,她或許能更貼近他,進到他的心裡去。

(紀宇中那樣對母親的迷戀,是否也為著感應到了彼此的相似?)

景香一直只知道自己對聲音、氣味,有十分敏細的感覺。

開始使用手機後,她是眾人之中最常抱怨手機話機聲音太小,尤其在吵雜的所在。她的耳朵便恍若自動排除話機裡的聲音,而進入耳內的全是四周四處湧來的各式雜音。

也因為聽得不夠清楚,她便用更大的聲音說話,深恐對方也聽不見。

之後她明白聾人也會用更大的聲音說話,因為自己聽不見。

她會覺得十分尷尬,因為她常常是那個抱怨窗外的車聲太吵、隔壁施工差點讓她抓狂……別人沒聽到的，她全注意到了。她不是該聽力絕佳嗎？

可是她嫌手機話機聲音太小。

許久之後，她終為自己這樣奇特的「能力」找到理由：

她果真聽力很好，能聽得到四周四處湧來的各式聲音，這原是百代千世相繼發出的聲音，事實上一直存在，也一逕的在述說著，述說著不能相忘的祕語，只有特殊因緣，一如母親於「雲從堂」內所能接收。

她自母親而來，或也具備這樣的能力（或許眾生原都有此能力），只不過為著未到的機緣，她尚無從於眾多聲音中去分辨、傾聽，而至單一手機話機裡的語音，夾雜於這眾多其他聲音中，也只是眾聲之一，不容易分辨。

一般人聽不到那麼多各種層次的聲音，才能專注聽清手機話機裡的談話。

（她因此感到與母親、紅姨之間有著更多的牽連，對童小時妙心師姊所說「聽得懂」有著更多的體悟。可是另一方面，她也害怕有一天她會聽到「不該」聽到的聲音，會述說著怎樣的「祕密」！）

可是反倒從來不曾。

4

識得紀宇中後，景香發現自己不能自禁的被深深吸引，原以為他記得的那個在紅姨懷中被抱回的小女孩，會使他對她多一分相惜的情緣。然一直以來，景香始終揮除不去這樣的感覺，那個其時在「雲從堂」被紅姨善心收留的孩子，早熟的十歲男孩子，其實對那長期躺臥的小女孩美麗的母親，一直有著一種衷心的迷情。

（當他自英國歸來，重回「雲從堂」，記憶中小女孩美麗的母親已然不在，小女孩外出去讀書不曾得見。

他因而害怕著什麼？

所有美好華豔的，都一如那他自己親手所造、必然會崩塌灰飛煙滅的佛塔？）

溫泉旅館的那一夜，景香終能擁他入懷，然最終阻礙他的，究竟是那來蠶食他身上不曾回向經文的惡靈，還是，是她的母親，那他記憶中仍長時昏睡的美麗的母親？

如若以他天賦的能力，他也能預知，知道只消不多久後，那母親會從長時昏睡中醒了過來，他還會答應為議員收養、離開「雲從堂」？

還是，其時未齊聚的眾緣，早就註定了這一切的缺憾?!他必然一定只有離開「雲從堂」，落入凡塵俗世去就那未竟的俗緣。他不會看到那母親從長時昏睡中醒了過來，也不可能和那母親帶來的小女兒在「雲從堂」裡一起長大，青梅竹馬兩小無猜。

他們，那母親、小女兒、還有他自己，他們其時註定不會在「雲從堂」裡面遇相見，必得要來到異地，方有緣分開展。而他不就先識得了那小女兒，可命中註定他們會續怎樣的舊緣？再經由此，他是不是方能再看到記憶中昏睡的美麗的母親甦醒過來，餘生再繼，可會是何種光景?!

即便一切早就是註定了的缺憾，景香選擇離開。如若他的離開，離開「雲從堂」，方有了再續的餘緣，於今她也是經由離開「雲從堂」，方與他再見。然在未聚足的眾緣裡，她勢必還要再一次的割捨，他們果真今生無緣，只有註定的要一再離去！

景香選擇離開，她的方式是投入其他男人們的懷抱。

當中自然也有甜蜜的美好時刻，紀宇中逐漸在心中淡失。只聽聞他不曾如他的議員父親（現在成了議長）所希望，投入選戰恪承家族事業；不過另種説法是他因而得以避開夾在議長父親與他的親生兒子之間。那具血緣的親生兒子，當然才是仍要接續「中台灣世家」的傳承。

畢竟家大業大，而且家業仍在擴展中。

聽聞中他遊走於他的議長父親的基金會、辦公室，他會是選舉其間選戰小組裡的文宣高手，也協助未雨綢繆要轉換跑道的父親經營地區性的有線電視台。

他什麼都作，是為極佳的幕僚、助理與幫手，也都有不差的成績（雖然最後的決定權在他的父親）。只他對累積自己、自己的事業，並不著重，也因而沒有過多的自我、主張，不致與強勢的父親、要接家族事業的兄長起衝突。

政治圈裡的人更明言，這收養來的孩子，事實上給予作父親的最大的幫助，幫父親累積了另外的政治人脈。

流著不同血的孩子，有著與這「中台灣世家」截然不同的氣質。是因著早歲生活在「雲從堂」，養成了他那人們口中所稱的非主流行徑？他在英國隱密的放蕩生活，他那與弱勢、邊緣在一起的天性，使他結交了各式各樣的弱勢小眾團體，包括那還未曾壯大、其時少有人相信會取得政權的反對黨。

是制止不了，還是政圈所言那作父親的有獨到的政治投資遠見，方讓這收養來的孩子與基本上是在地為主的本土反對黨有所往來？還是，那素有「中台灣世家」之稱的家族，過往那原要繼承家業的長孫屈死於「二二八事件」，對家族仍有著藏匿的影響，而至那加入國民黨作到議長的父親，真正深心裡仍有著不曾表現出來的思維？

總之，在九〇年代逐漸起變化的台灣政治圈，在獨裁強人過去，執政黨的高壓掌控逐漸鬆動，那作到議長的父親，從養子身上累積了另一波來自反對黨的政治資源，並因此更形壯大了自己。

而長時間以來，這收養來的孩子因其不具血緣的身分，給出了他如此另類行徑最好的理由（甚且不是藉口），人們說：畢竟不是親生的兒子。

方不致牽連到整個家族，也不致太過令人起疑別有所圖，為那議長達成了家族作不到的。

（人們稱許作父親的多年前的好眼光，找到這樣一個全能的好幫手。）

他在中部、她人在台北，不到兩百公里的距離，可不同的生活圈他們多年未見。她持續的寫作為她贏得「作家」的名聲，直到有一天她接到他的電話，他父親的有線電視台要辦一個活動，邀請幾個作家參與。

如許久之後她再看到他，她以為一切都已過去，那溫泉旅店的夜裡，他畢竟不曾真正與她結合，那情人們認知的「在一起」。可是她仍然情不自禁如此地怦然心動，手足無措不知能和他說些什麼。

她因事略晚到，先是隔著段距離看到台上的他，他明顯變瘦了。然後她看著他手拿著麥克風講話，距離拉近，他光滑的臉面同樣文秀而美好，他不曾變老。

可是她呢？

她不能了解如許多時間之後，她對他仍然有那樣心頭小鹿亂撞的意亂情迷。

活動結束，他們一夥人在小鎮上小小的社區文史中心喝咖啡，就在鐵道旁，間隔一段時間火車會駛過，通常只有慢車會靠站停，便見接連的對號快車呼嘯而過。明明是火車月台而火車居然不停，連減緩速度都不曾，那一長列一節節車廂內燈火通明的火車，真宛如長長火龍一般，快速行經漆黑的暗夜中，有一種詭異的燦爛炫麗，那樣夢中奇境裡不可置信的光與色彩，懷帶著祕密不知要奔向何方。

（還停都不曾停下來呢！）

卻是出乎眾人意外，一列明亮華麗的自強號突來的靠站停車，然車門不曾打開，車窗內乘客安坐座位上，也不見有人要下車的騷動氛圍。暗夜裡那一長列燈火通明、不見上下乘客的火車停止不動，更形離奇，像突自時空陷阱墜入似的，方有這樣的止息方式。而隔絕的，真正是另個異世界的次元。

（他們被阻絕於此，只有彼此?!）

眾人先是詫異，然後了解到是在會車。繽紛亮麗的自強號在站上稍等了一下，接下來才來了一班相形下灰溜溜的普通車。

「啊！自強號也會停下來等會車。」她跟他說：「原來距離的遠近、等待時間的長短，較火車等級的高低，才決定誰該停車等待的囉！」

他看了她一眼，對著她抿了一下嘴，他一定也會意到那時空的流動與阻絕。他一向如此待她，只消是彼此心領神會，他都會那般寵信她地笑了一下，美麗的薄唇，抿成彎彎的笑意。

最後一班火車，不論是否曾靠站停車走過，小小的月台熄燈，相較於先前可期待的耀亮燈光與轟隆轟隆火車行進聲，即便短暫，於今整片黑暗中自是陌生的荒涼。

各自回房。他們因著是舊識，她在那中部台灣溫暖的民宿房間與他繼續「敍舊」，曾有過但不曾完成的性關係現在成為另一種挑戰，還再上床嗎？即便只有一次，至少會是一種完成，是不是就此，了無牽掛，她終於能揮別他，繼續她自己的人生？

愛情的餘燼裡，慾望於是生起。

她突來這樣強烈的慾望，就算他們不可能在一起，至少，讓她有過他，或者，他有她。

那不曾開始的愛戀，是否因著不曾開始，所以也就無所謂結束？每一次的會面，都可以是一場新的開始，也因此反而沒完沒了，果真是永生永世的糾纏?!

她知道他瞭解這片時片刻來到的慾望，他回報於她的卻是要從他的口中聽聞、親口談起那一次到歐洲，去參與一個以末世聖地為名的教會的福音傳播。

長時間以來，他一直與各式的宗教、教派，不論東西方，有所聯繫。那次他們一行只有三人從台灣出發，目的地是東歐小國的一個小鎮。據教會的教主稱，他們三人會合了在地的兩名信徒後，得在一個特定的時刻裡站在小鎮的某個方位，以能感應到神要降臨的旨意。

長途飛行在機艙內，他突地全然失去控制，脫去衣物，不斷往上跳動好似要越出機身頂端、狂叫他看到光，走道上呼喊叫囂奔跑，造成機內乘客極大的恐慌。差點要中途迫降，好不容易被制伏，飛抵後立即被兩名當地警察以擾亂飛安的罪名逮捕，關入鄰近一家精神病院。

（在三萬英呎以上的高空，是不是果真離神更近，他並非唯一也不會是最後一個「發作者」！）

他便永遠不會到抵那東歐小國的小鎮，去領受可能有的神蹟。他在最鄰近機場的一家精神病院被關了一個多月，直到醫生許可才出院直接被遣送回台。

那「記憶」一直在以十分奇特的方式回轉。

方有那種熟悉的感覺而至於景香一再以為，她過往一定曾在這樣的地方停留。

事情清楚起來是關於那噴泉。在歐洲，太多的城鎮有各式噴泉，除非十分特別，否則基本上難以留下印象，或者說，記憶。

然那噴泉卻攫獲了景香相當清楚的印記，而至連整個地方必然也因為曾經到抵而留有、留下記憶。

紀宇中形容那是一個以花草構築的噴泉，也就是說，當然是有泉水噴出，但並非從魚、海豚、或者是美人魚、海神、半人半獸的口中，而是從一大堆的花草當中，有涓涓的小股小股的水流不斷的湧流出。

因而並非大理石、花崗岩這樣堅固的石材來雕塑成噴泉，也不是由現代的幾何圖形或抽象的形象構成。就是一個有一大堆真花實草堆疊在一個圓盤式的基座上形成的噴泉。

這樣的噴泉想必是平生僅見，而至再次聽聞，即便只是來自紀宇中的述説，景香的「回憶」湧現。

很慢，而且果真是一點一滴，一個乍來到的片段，牽引出另一個。是啊！是啊！因著曾經見過這噴泉，這個與大多數噴泉不同，由真花實草構築的噴泉，因此必然有這樣的一個古城，有這樣的一條道路，路中央一座有這樣的噴泉。

一定曾經抵達過，而致有如此熟悉的印記。

中世紀的古城仍有片段高聳的城牆，牆外的護城河依舊靜靜的流過，曾經還有一度這裡有一座二戰期間的大藥廠，停止生產後於今是為一個沒落小城鎮，城郊有一座遠近馳名的精神科醫院。

（古城又有精神科醫院，是相同一個地方！慌亂中趕快問詢，最立時的依賴是名字，名字呢？啊！果真是紀宇中口中說出的名字！）

再接下來還有些微片段，對著這真花實草的噴泉，會有一條小巷，巷裡有各式商店。她曾在此買過一條裙子，啊是啊！一條有兩層的紫藍裙子。因為單一顏色極好搭配，而致有很長的一段時間，她一直經常穿著。

經常穿的紫藍裙子「記憶」清楚且完整。內層是較深的藍，外層則是透明薄紗狀的淺紫色，如此的薄裙，能買到的季節，記起來了，是夏季還留有尾巴、初秋開始葉黃的時候吧！所以，到抵這有噴泉的古城，也是初秋。

（是紀宇中口中草黃葉枯的秋天。他被送來這原是中世紀古城的精神病院一個多月後，要被直接遣返的季節。）

為何來這中世紀古城呢？景香追憶，她是來此開會，才會有單獨出來逛街買東西的時間。而作為一個台灣作家，她並非常有機會被邀請到歐洲開會。

景香很容易的記起了正確的時日。

（我在一個落葉的的深秋裡來到你被羈留的所在。

我不知道我在這小小的中世紀古城的幾天裡，你也在此，只不過隔著精神病院圈起的範圍，你我果真咫尺天涯。

我們且在同一天離開，你從接你直接到機場的車子裡，看到窗外初秋開始草黃葉枯的大道上，行經的卻有這樣真花實草草色正綠的噴泉。

其實是同一個時間點同一個地方，金黃色的落葉飄落在晴朗的藍天中，離開台灣孤身在外，很容易會思念你的心緒，我還不免要想到，如果你我同樣行經這樣的路上，如果我將我的足跡印在你的足跡上，還不足以顯示我對你的戀眷，那麼，我何妨懷著你的足印，同著我一起遠走向更多的地方。）

景香開始害怕起她的「記憶」。原以為忘記，而且是大半忘記的事情，當重再到抵重再回去某些地方，「記憶」不僅回來，還連帶著帶回生命那片刻裡許多的銘記：那銘記可以暫忘、但不會消失。

在儲存記憶的阿賴耶識，記憶到底是以「一一」的單位被儲存：比如重大的情傷、愉悅的時刻，比如成功、失敗、挫折……值得記憶的事件、還是，能記得的事實上是：

所有的，一切。

各種細節、各式片刻，只要曾經發生，即在記憶中存有。才會由細節與細節的集合、聚集，形成那樣似曾相識？而事實上，根本並非「似曾相識」，而是真實存在過，只不過不在今生今世，一切俱是生生世世的記憶細節的排列組合，當再一次重臨，記憶必然回轉，如同那花草噴泉勾引出的觸動。

生生世世裡，會有一世，或者幾世，她曾與他相關，而致人世間有那許多不同組合，她仍要與他牽連，即便只是短暫的交會，他們必然的還是要相遇。

她聽他講述這不曾對人傾吐過的古城、精神科醫院，那生命中不堪的過往。過了那一夜裡，景香終於知曉，她之於他，註定只會陪同他走過生命中一些最奇特幽微的時刻。他告訴她、向她傾吐，以此來回報於她，回報她繾綣的愛戀，可是除此外，不會、也不能再有別的。

他們註定要彼此錯身而過，即便同時身處同樣的地方，也必然不能得見，更遑論在一起。他們的因緣只在此，除此之外，一切俱是痴心空待。即便她如此渴想要能擁有他，即使是一次也罷，終究仍只是痴心妄想。

他們的因緣只在此，除此無他。

接下來幾天的相處，景香發現紀宇中在外面吃過飯後，接下來幾餐便只會吃簡單的飯與蔬菜。他從來不是那種嗜吃大魚大肉的人，對一些被認為是人間美味的食物，也只有十分清淡的品味，景香不解他為什麼不乾脆吃素算了。

可是紀宇中說吃素食吃多了，總有想吐的感覺。他這樣解釋：

「還不到時候吧！」

「時候到了會怎樣？難不成你就出家去了？」景香有些急。

「出家？太簡單了。」

「那麼為什麼不？」

紀宇中笑笑：

「我也不知道。」

景香看著這清寂的男人，也許，累世以來，他就已不斷的將自己給出，而今，他已然不知道失落自己在何方。

她哀傷的想。

然而就如同他已然對食物有如此清淡的品味，對性，是不是同樣也會有著淡薄的慾望?!就像他有了女人後，是不是接下來有相當時間，不曾起心動念？只是像不曾吃素一樣，他尚不曾完全戒除罷了。

那麼，在溫泉旅館裡的那夜，即便沒有那來奪取經文的「魅仔」的干擾，即便他對那長期躺臥的美麗的母親沒有衷心的迷情，他本身對慾望的淡薄，也會使那夜裡他們之間不一定真會有什麼事情發生。

許久以來，景香對母親真正感到釋懷。

5

那佛指舍利被迎來台灣，為著消災祈福。

新世紀初的一場總統大選，結果出乎所有人的意外，反對黨贏得勝利，終止了島嶼五十年的一黨獨裁統治，台灣這個小小的島嶼有了華人社會首度的民主，贏得了讚賞。

一開始對將來的前景滿懷希望當然是有的，可是隨後，由著與中國大陸牽扯不斷的關係，「親中」、「本土」：要統一、還是獨立，兩種基本上截然不同的意識形態，使島嶼陷入了藍、綠無止無盡的對立。

（奇特的是島上兩千三百萬的住民，有高達超過七成的人贊成不統也不獨，要「維持現狀」。）

各為各的統、獨立場，島內陷入了凡事互相攻擊、指控，「只問藍綠不問是非」成了最貼切的寫照，政治帶領整個社會進入一片紛亂。

一切都在錯亂中。

那佛指舍利被迎來，為著替社會消災祈福，祈求人心平靜安定。

他們一起要去那藏放佛指舍利的廟宇參拜。去程的路上，並非特意，只是剛好路過，不知怎的，就先經過了一座還算稍具規模的寺廟。顯然新近翻修的廟，水泥模塑的起翹燕尾、粗壯的水泥石柱，塗著碧綠鮮紅的新漆。

企圖雕樑畫棟的正殿上，立著大尊金光閃閃的神像，紀宇中只欲將雙手闔上，朝神像合掌禮拜，雙手方舉近胸前尚未合十，卻霎然之間有如觸電般，「啪」雙臂似充滿強力電流通過。

紀宇中警覺，立時將雙手往下重重一甩，心中持咒。

立時帶著景香離開，之後紀宇中方解釋先前發生。

「如果你當時雙手合掌起來，會怎樣呢？」景香不解的問。

「伊就上身了。」

「有這款『上身』的方式？你合掌不是要拜殿裡的菩薩嗎？」

紀宇中笑笑：

「妳怎麼知道駐在那間廟裡的是什麼？」

那端然肅坐於廟殿中央的，可是渾身塑金一尊金光閃閃的菩薩，恆常的以半開的眼瞼從高處垂視，唇際詳和的一抹淺笑可是深情的瞭解，無限悲憫的要救苦救難……

景香先是會意點頭，可是稍後仍疑惑的接問：

「伊有這大膽，敢借神明的形樣？」

「金身泥塑，可不也是人間的一種執著？凡執著便也可被依附。」紀宇中道：「或者伊只是置身處在殿裡，看到我以為有機可乘，便立時前來。並非也不敢借座上神明形像。」

可是，豈不是當信眾已啟信仰之心，要以合掌之姿，傳膜拜臣服訊息，在交出自己之際，那金光閃閃的菩薩，在祭拜祂的殿堂上，卻眼睜睜的看著魔、怪為亂，竊取菩薩信眾……

紀宇中顯然會意，接道：

「那菩薩必然已不在廟裡。」

（而這島嶼錯亂的不只政治與社會，果真連神佛魔怪也可錯置，是非真假不分？）

啊！菩薩何以離去？又為何離去仍留下自己金身？那金身且並非殘敗傾頹，金光閃閃有如還在。如紀宇中者都仍誤判，那麼，誰又能辨誰是誰非，誰是神明、誰是魔障？

景香深切記得的是紀宇中述說時那樣明確的恐懼，他當然明白令他害怕的：

「如果不是當機立斷，伊就上身了。」

當機立斷可阻魔障，可阻得了這回、下次呢？阻得了這個，可那個呢？

他們終到抵那藏放佛指舍利的廟宇。在人群中被耽擱間隔，一時分離不見。參拜出來後，她驟然間看到他就在門外，等待。

他高量的身材，她一眼就看到他，重重人群中，他也立時看到她，留意到了她剎那之間微怔的神情，回了她一個懂得的眼神。

（果真是驀然回首，那人就在燈火闌珊處！而即便慾望已成餘燼，愛情仍然生起?!）

現在，就在此刻，她看到他，與他隔著人群與距離對望，先前於佛指舍利前本來有的些許清明，立時蕩然無存。只能凝神注目。現在，當下，尚未離佛的靈地，她是不是已經開始後悔她不曾在佛前許下與他相知相愛相守的心願?!

原本最深心的想望、祈求的心願悉數回轉，她甚且更拗心的懊悔。

就在片刻前，於佛指舍利前的平寧清明中，她原以為一切俱都過去，自己已然真能放下，方使她不曾在佛前許下與他相知相愛相守的心願。其時如若她知道，只消離開佛前，都還未離佛的靈地，只於重重人群中隔著距離對望，她心頭霎時翻攪著所有的愛慾與渴望，那麼——

她是不是該在佛前許下與他相知相愛相守的心願！

他就與她在一起，這是她最好的祈求地方，也許是僅剩的最後機會。只有借助於神力，而且是這至高無上的佛祖，她或許還能如願。

而一切果真已然太遲，她真就錯過，就在佛前，她已然錯過。在瞬間轉動的意念中，在佛前的些許清明中，她自以為放下，而不曾在佛前祈求，然只消下一個緣轉情遷中，就算希圖要回復，一切已然太遲。

她怎會不曾祈求。

如果真是要錯身而過，是不是在佛前，就在佛前，更印證了這錯過，錯過這樣一段不可能的情緣?!

是日他們分手後，她走過那城市滿植相思樹的街道，原就落下來一地青黃色的花，細細的相思樹碎花果真無止無盡，漫漫鋪地，方才掃過，不久又滿地。

她因而走在那相思樹黃色細花遍處鋪落的街道，對一條長街匆忙的車輛、行人完全注視而不見。只有滿地黃花，那花帶著恍惚的香息，在寬闊的街道上，即便有各式雜味侵蝕，仍淡淡的有一股馨香。

然後突然風吹過，一街相思樹黃色細花搖落，先是眼目可見之處，有一株大樹灑落一大陣花雨，就在她的身前不遠，她渴想著下一陣風來也會有花落在她身上。

卻不曾。

倒是片刻後，嘩嘩的大雨滴落下。她方知曉風過就是為了雨要到來。

風方止息。

雨果真打落下來黃花，一滿街道的相思樹黃色細花，經雨濕淋，散發出微微腥味。是那驟雨濕糊了花粉，而後，雨水帶著花粉越過去沾染滿花心。

灑落下的花海，是不是已然「雨露均霑」?!

（會是較少的缺憾?!）

她測試自己回復的能力，比如說，從一個十分疲憊的旅行回來後，需要多少時間才能不再感到了極度的疲勞，回復到平常的狀況？

通常是兩、三天後，她歸結出。

從那種在餐桌上吃飯都快要睡著的疲累，大概兩、三個晚上有足夠的睡眠、白天有適度的休息，她便會感覺到，她逐漸在回復到平常。

當然，如果旅行還加上時差，而且旅行天數十分長，那又是另一回事。

她因此問自己：

如果是愛情呢？

她需要多久可以回復？

肉身佈施

景香從紀宇中口中聽來關於葉明美的故事，並且暗自以為，他們之間，有十分特殊的關係。

叫葉明美的這名女子，作為事業上的女強人，並得以在賺得大量財富後，不再汲汲營營於更多的金錢，而從此將公司轉交專業經營，自己過著較閒逸的生活，並結合良好的社會關係，大方的捐助公益，一直為人稱道。

比較少人知道的是，她也捐助氣勢漸起的民進黨，算是替台灣兩黨民主政治盡一份心力，更不用說捐助她原來就支持的國民黨。

可是景香從紀宇中口中聽來這樣的故事：

葉明美雖來自有「民主聖地」的台灣東北部，但在台灣錢淹腳目的八〇年代，先是靠著外貿、接著準確的投資房地產到電子業，賺得大量財富之前，可是與政治全然無涉。

事實上葉明美還有著與黨外運動較無相關的背景。她的父親是一名同國民黨蔣介石政府敗戰遷來台的老兵，那俗稱的老芋仔，也和其時不少弱勢老芋仔一樣，娶的是東台灣在地的一名原住民婦女。

身分證上註明祖籍山東，籍貫上是所謂外省人，葉明美知道改變貧窮命運的只有讀書，她功課好到翻山越嶺來首善之都台北聯考，考上人人稱道的名女中，十六歲自己辦好住校、靠獎學金畢業，接著台大、美國名校ＭＢＡ一路念下來。更眼光獨到的在經濟起飛的八〇年代開始，從房地產到電子業賺得令人羨豔的大量財富。

（有一說是這天生麗質的聰明女人，當然也用上了美色，得到一名投顧大亨的挹助。）

直到這麼一天。

她回東台灣老家，為著大抵不外回去看看年邁的父親（母親早在她中學時代過世，在那個無全民健保的時代，貧病延誤就醫自然就是主因。）。

開著她白色的賓士車，在東台灣北部山陵已不高的山裡，就有一座小廟，比土地廟大，但也並非什麼具規模的廟，有人出來喚了她的名字：

「葉明美葉小姐。」

十分詫異，她雖成功，也自知並非報章雜誌電視會介紹的名女人，山林之中居然有全然陌生的人叫得出她的名字？自恃並非單身一人，還有友人陪同，葉明美好奇的被延引入廟內。

「我們等妳很久了。」

等很久是因為累世宿緣，終來到今世，機緣成熟，觀世音菩薩有要事借助於她。

從來不曾有這類經驗，然像多數人轉戰商場上的不確定感，葉明美也是逢廟要拜。

是日便虔敬的上香、捐了不少香油錢。之後，感到有魅仔在身側，並聽得對方說話。一開始只是這類提醒：

「帶傘，下大雨。」

可是明明豔陽高照，而下午也突然變天。

或者日常生活：

「車被偷。」

結果是車窗被打破，一組幾十萬的音響被偷。

總之，每次都應驗。

靠自己成功的女強人，先是覺得害怕，當然也新奇，實在不知除了接受外如何對應，發現無害後也就由著。有時不免為有這先見之明得以避開一些人事糾紛、投資上的損失，並不排斥。因著順利，也大量捐款、作善事。

（還不免自喜：觀世音菩薩有要事借助於她！）

直到夜裡開始感到身旁睡有什麼。看不到也摸不著，但的確是有什麼來同眠，而且逐漸的，清楚起來：

是個男的。

不是說來的是「觀世音菩薩」嗎？葉明美一起心動念懷疑，耳際的聲音立即粗魯的辯稱：

「觀世音菩薩本來就是男相。」

「男相」且就此不肯離去。

先還解釋觀世音菩薩本來就是男相，睡在她身旁的可以是男身。接下來有所動作，說他們前世夫妻有未了的宿緣。

不再只是聽得到聲音，半醒的葉明美，是踢開了被子、睡姿翻轉中岔開了大腿，有涼涼的——可是風——拂過？一再迴盪騷弄，不肯止息。是不是還得迎承？腰臀挺起小穴正對迎的不只是風，果真有物要進入，只是不夠，不夠具形，但真是有物，只能成小穴洞口一陣壓力，壓著範圍周遭只如通常陽物大小。

果真是感覺中的陽物，只是不夠，連頹軟的陽物都不足，就是不夠……

但仍試圖要——進入。

葉明美至此確定來的絕非觀世音菩薩。

聰明且有一定的社會關係，但畢竟不容易說出口，尤其怕壞了她賴以為生的商圈關係，葉明美藏掩著向「可靠的」一人求助。

「可靠的」一人是她在政圈識得的紀宇中。景香以著女人的直覺，一直以為葉明美與紀宇中之間有她戲稱的「不可告人的關係」——葉明美會是他的金主，紀宇中一直不斷的有來自各式「運動」的人會來向他要求金援。葉明美不見得是大金主，但會是數目不論多寡的有求必應。

景香雖只見過葉明美幾次（又是女人的直覺），她以為這事業女強人對紀宇中另有著憧憬，才會一直不斷的捐錢。

紀宇中帶著景香赴約，這又令她「以著女人的直覺」，以為紀宇中是怕抗拒不了葉明美。

聽完葉明美的陳述，紀宇中不曾流露出太多的驚訝，只平平的說：

「當然不可能是觀世音菩薩，也不會是神明。會來上身的這類『魅仔』，層次通常不高……」

「為什麼？」抱著一絲希望的葉明美焦慮的插問。

「神們比我們高，有必要來附身嗎？」

「三太子、濟公活佛、王母、王爺，都來附身乩童，才能替人辦事啊！」

「妳怎麼知道那個是真的三太子、濟公活佛、王母、王爺？」

葉明美略一沉吟，但仍十分謹慎的說：

「你又怎麼知道不是真的？」

紀宇中微微一笑：

「這樣說好了，神們比我們層次高，我們又比動物高，是不？」

葉明美點頭。

「神們來附身我們，就像我們去附身動物身上，妳會願意去附身牛、狗身上嗎？」

葉明美堅確的搖搖頭。

景香過往只知道在英國求學期間，紀宇中對佛學鑽研不淺，但不知道他在這一向被稱作的「怪力亂神」方面居然有此功力。只是以佛學見長的紀宇中，外界雖時有傳聞具有特殊能力，如何趕走那「魅仔」，卻是連他也謙稱沒這樣的功力能耐。

在紀宇中的引介下，葉明美到無數被認為正信佛教的寺廟大殿求神拜佛，也試過種種民間各式奇人、方法來「解」，俱效益不大。偶有時候不知是否作法的師父法力高強，那「魅仔」會有小段時間不再來，但再來時往往變本加厲。

所有的解說則不外兩人之間前世有宿怨，相欠於他，這輩子來索討。這類輪迴中的冤親債主，並非只是單純的氣弱時「卡到陰」可比，最是難解。

外求無望，全然靠自己成功的事業女強人堅強的忍耐，過了最始初的驚恐與害怕，學習並調整自己如何面對。甚且搬出了她再進修時去上的那些課程：如何管理自己情緒、訓練自己如何處理問題等等，歸結出眼前首要是先習慣牠的存在。

葉明美很快知覺，不論如何遮掩自身胴體，都難逃那似乎無處不在的「魅仔」的窺視。如果照牠說前世曾是夫妻方有此未了的宿緣，那麼，這世再讓牠看又何妨。

便有這樣的剎那，葉明美在鏡子前以手托著豐碩壯觀的雙乳，被不知什麼盯著看的感覺，讓她對自己東方女人較少有的傲岸胸圍，被撩撥後如此誘人的挺立。自己看著，一時，也都不覺痴了。

（是她在看？牠在看？

據說魅仔都是從「以前」留下，可算是古時候的人、物，牠們也喜歡女人的大胸部?!那時代的女人不都是束胸嗎？）

卻彷彿受到鼓勵，（那物不會真以為是牠方造成女人如此發情？）持連著夜夜都來，接著還撲壓到身上。

「鬼壓床」的經驗葉明美不是沒有，那更像是在半夢半醒之間，有某種重物壓上胸口，讓人連呼吸都困難。可是這「魅仔」壓上身，是一條黑色的身影，撲壓下來，壓的無一不是自身胴體上的那三點要害，自己還覺得自己是醒著的。

（可真是醒著的？何以又似在夢中？醒過來，趕緊從夢中醒來就沒事了。）

奮力睜開眼睛（適才真是睡著了？）幾次後葉明美不堪其擾，對著那黑色身影大吼：

「你能怎樣，明明就沒本事嘛！」

明顯受到羞辱，那黑色身影果真不再來。

可是接下來不多久，明確感到有物對著，尤其著力要進攻入內的，是下體小穴。

不像先前壓著範圍周遭只如通常陽物大小的一陣壓力，現在是已具形體粗感的物件。不管她換轉到旅館、到外地床上，有物就是杵在陰戶口處，就算坐著睡，也好似始終坐在一根陽物上睡。而仍那麼不夠、不足的陽物，尤其更不踏實。

插不住自己，睡睡就歪斜、傾身就倒了?!

（不足支撐的陽物，可是更甚的折磨?!）

為了阻擋，她讓她的男人夜夜來睡，不是說男人元陽氣盛，壓得過陰穢？卻著實激怒了那「魅仔」，在耳際喧囂怒罵。

那聲音嘶吼著所有葉明美聽過／沒聽過的罵名：娼婊賤幹肏臭……

她先是開大音樂好阻絕，可是這時方瞭解，一向來到耳際的聲音雖低而小，卻似不用音頻震動即可入耳，甚且有若從腦內直接收聽。

被辱罵羞辱過許多回後，那指責怒罵聲音也終會詞窮，當內容了無新意，殺傷力不再那麼大，她便試圖當它只是聲音。

雖不容易，葉明美堅確的不去理會，讓自己全神貫注於男友在高潮將臨之際愛說出的肏妳、幹妳、弄妳、玩妳……這類話語。

為回應，她也出聲淫叫穢語喘息呼喊，聽著自己的浪叫，那耳際聲音居然沒那般明顯了。（牠也在聽自己淫聲叫床，可是連那「魅仔」都喜歡女人的這一套？不管是真是假，是因牠而叫，還是根本是因別的男人而叫？果真只是女人淫叫聲就好?!）

床上實體的男友則受激於她可以如此浪蕩淫穢，更加賣力演出。一場場歡愛便有如聲色大戰，淋漓盡致久久方休。

那「魅仔」一定沒料到一開始的出聲罵賤，到後來的回應引來如此相反效果，一陣子後噤聲不語。乍然之間驟失著力點，葉明美一時叫也不是、不叫也不是。床上兩人經過前陣子如此激情演出，這時回歸常態，有如洩了氣，但也不失休身養息。

正以為那「魅仔」離去，葉明美受到了更甚的驚嚇。

那物在身際體旁吹息，吹的還是陣陣陰風。

最開始只是聲音與明顯的觸感，現在則已是能動的觸感。

這期間，葉明美也用各種方法求助於各方人士。

醫生，尤其是心理醫生，解釋這是一種壓抑性的創傷，過往的情感傷害，不曾弭平，轉換成為潛意識裡被強姦，於夜夢中出現：

「這種認為自己被鬼怪、外星人、或者是無形的什麼入侵、強姦的例子，文獻有不少記載。」

「可是牠真的在那裡。」葉明美辯稱。

「有這種狀況的，都認為牠真的在那裡。」

葉明美扔掉醫生開的藥。靠自己成功的女人相信自己，自己的判斷——事實上她知道這是她一向最珍貴的所有。

終來到最後。

試過各種各樣「有法力」的人驅趕無效，葉明美經由紀宇中的盡力懇託，見到人稱有陰陽眼的上師，據說上師曾於佛殿堂上擺設令旗符咒香爐設壇，集合四、五十人之力，齊念經懺成功幫人化解。

上師在自家佛堂裡，一見到這被蹂躪至「神色異常」但更有種妖魅魔力的女子，一盤腿入坐，耳際就聽聞聲音叫囂：

「你什麼東西，去，去叫更高明的來。」

上師默誦大悲咒。

「不用啦！你的大悲咒只有通達十公里。」

上師知道對方有他心通，凡起心動念俱知，果其那聲音接道：

「你道行還差得遠呢！要不，看到觀世音菩薩來，怎麼不下跪？」

「我沒看到觀世音菩薩。」上師沉穩的回應。

瞬息之間，叫葉明美的美麗女子整個臉面扭曲了起來，聲音也換成男聲：

「來領聖旨，爬過來磕頭。」

上師笑笑，不予理會。

「你這個什麼上師，傲慢，不知感恩。我過去救過你三次，你給我跪著爬過來。」男聲「葉明美」叫囂。

「我過去救過你七次，我都還沒要你跪著爬過來。」

上師說。對方顯然被激怒了，開始滿場飛馳，激起陣陣旋風。上師舉起手來要發光，卻連連抖顫，知道遇到對手。上師念三皈依、起慈祥心，好言勸說：

「你說你是觀世音菩薩，那我說一個字，你看聽懂不懂？」

上師提議，如果聽不懂，就得離去。男聲「葉明美」喋喋怪笑滿口應允。

Sohosro-bhuia-Avalokitesvasa.

男聲「葉明美」不語。

「這是梵文的千手千眼觀世音菩薩：Sohosro-bhuia-Avalokitesvasa。」上師顯威猛相，怒聲斥喝：「連Sohosro-bhuia-Avalokitesvasa都不知，還敢冒名褻瀆觀世音菩薩，還不速退。」

葉明美這才應聲癱軟在地。

即便軀體被占，過程中葉明美一直還有相當知覺，自己就停留在自身的右方肩頸部位置，看著自身，只是不能進入、無從掌控。而在那「魅仔」自她肩背後離身遠去，葉明美感到全身冰涼、無所不在的遍體疼痛，那種被撕裂開來的切入四肢骨骸深處的深入疼痛，以及過後的渾身虛脫，被掏空似的久久不能回復。

（先前那「魅仔」只是陽物要進入體內交合，相較起來，似乎還不是最壞的?!）

上師解釋，對方可能非漢人、非佛教的族類，才會連「Sohosro-bhuia-Avalokitesvasa」都不知。這非佛教的邪惡之徒，便得另有破解之道。

連這德高望重的上師都不曾降伏，葉明美基本上不再積極向外求助。相識的人看著她日漸黃損，整個人消氣下來。

那「魅仔」的索求則日益清楚。牠對於像在上師面前強行占據葉明美整個身軀，好可以驅使、使用她，顯然並不特別感興趣。牠要的，其實從一開始起，就是要像個男人一樣能以陽具進入她，與女體完成真正的「交合」。

葉明美並開始明顯感到那「魅仔」陽物的日漸壯大。

原只能杵在陰戶口處，那麼不夠、不足，只能從壓力範圍感到的陽物，在她與男人每次交歡，從男人抽插的一進一出中學習。那「魅仔」搶的便是這樣的時機：當抽出陽具要再插入的剎那間，男人陽具帶出氣流震動的風，那物得以挾風挾勢進入她的陰戶！

葉明美感覺中便要有一種陰戶內永遠有物的狀態。當男人陽具插入，「魅仔」陽物挾風挾勢趁機進入；而男人陽具抽出，小穴內本該空無時，那先前的「魅仔」東西，仍在裡面。

即便有時會為男人陽具抽出滑帶出，那「魅仔」陽物總立時跟上男人陽具下一次插入，又重新進入、盤踞陰戶內便一直處於永遠有物的狀態。

不只陰戶內一直有物，葉明美還要歷經奇異的小穴內極冷與極熱的交雜，極熱當然是男人陽具插入抽操，極冷便是那「魅仔」陽物盤踞。

尚來不及去體會這體內新有的原不可能的冰火，葉明美發現自身長時處於發冷的狀態，更常伴隨著頭暈、昏睡，還不時的嘔吐，只是嘔吐感，並非真的吐出什麼。

另個更大的驚懼到來：可是懷孕了？

懷的會是什麼？是那傳說中的魔胎?!如此的恐懼怖顫，葉明美甚且不敢去驗孕，然後，月經準時的又來了。

這時男友開始抱怨，總有一股森冷陰氣在她的下體，陽具就算挺得進陰戶，裡面冷似寒冰，抽操幾下，就疲軟下來，抽出來一看，好似全龜縮到陰囊之間，顏色轉黑、久久不能平復。

最後，男友於一次性交不舉中止後捧著萎縮變黑的陽具倉皇離去。就此不願再來。

（那「魅仔」可是要附身入男人的陽具?!）

失去男友，葉明美挾自身美貌，主動出擊勾引，隨著台灣解嚴不用半掩門終可以明目張膽開放的各式夜間玩樂，葉明美成為開始流行的「一夜情」最佳註記。

啊！縱情聲色冒險於世紀末華麗的都會，在煙霧瀰漫酒吧裡，原就是多少遊子有家不歸／歸不得的方舟。島嶼本身就是冒險者一度暫佇的歸處，揚帆出發期待的不就是必然要被歌聲美色迷亂的旅程，在出發與回返之間的必須。

鸞荒更在妖異豔色的女人，一張小小臉蛋浮在一身黑衣、一頭過肩帶鬈的黑髮上；星月搖曳似的眼眸，神色中卻有著這般自棄的哀傷，彷若有著怎樣難以說出的過往，得藏隱住人世間最極致說不得也無從控訴的「祕密」，方得有這般血海深仇式的怨情。

男人們迷惑著追隨，等待著甘願被獵取。因著都是陌生男人，葉明美要求一定得戴保險套／男人們也憂心這來路不明的女人可能有的毒害，雙方各有謀略各有所圖，都樂意於自保。

是保險套阻隔了部分「魅仔」陽物在她小穴內盤踞的冰寒？還是畢竟只是一夜情的一、兩次性交，男人們畢竟陽氣仍旺，間或略有折損，大致都還能全身而退。然總是不大的夜店圈子，經「吃好逗相報」的男人們口耳相傳，葉明美贏得了「冰穴美人」的稱號，更多的男人要來嘗試這傳說中女體提供的不可言喻的「冰火交融」。

（是自體如冰還是男具冰如？）

葉明美至此全然不在乎，只對陽具依賴日深，最後幾乎是不可一夜無男人。那「魅仔」每夜得「面」對不同男人的各式陽具，抱怨連連，嘲笑怒罵甚且威脅恫嚇，但男人們每人一夜事後走人，那「魅仔」也無法一一細究奈何得了。

「她一定也睡到了你？不是嗎？」景香挾著醋意問。

「不敢，不敢。」紀宇中認真回答。

與她有一兩次照面，那一頭黑色長髮臉面煞白印堂發黑的女人卻又雙唇妖豔血色鮮紅，顯然虛火熾旺陰損不輕，但又似靠著相傳中的一個又一個的男人男根支撐，有著像極傳說中的神祕玄女，另類正在修練中的異界生息。

紀宇中明說他也心知有異，只是尚缺印證功力，輕易不敢去碰。

景香點點頭。

「她最後怎麼了？」

葉明美出了一次極嚴重的車禍，有一說根本不是意外，是她終不堪其擾要自殺，開車高速去撞轉彎處的護欄；有一說是那「魅仔」強進入占據她去撞車。後者較無人採信，如只為報復累世的冤仇，那「魅仔」一開始便可以將她弄死，不會等這麼久；如為玩弄、驅役她，更沒有理由要置她於死地。

從重傷將死邊緣，葉明美被奇蹟似的救活了，而且更神奇的是，那「魅仔」就此不再出現。

「為什麼？」景香極為好奇。

「也許是兩人之間的牽扯至此已盡，這種事有的會有一個時間定點的。」紀宇中說：「或者那『魅仔』覺得夠了，不想再繼續下去。」

「是啊！那『魅仔』每個晚上得面對進來衝撞牠的不同男人的東西，恐怕真的受不了，只好自己離去。」

景香說得十分促狹，但正經接道：

「會不會是像你所說，那『魅仔』知道兩人之間時間已到，但又不甘心留下葉明美，誰知道這麼強的女人最後混出什麼，乾脆將她弄死。」

紀宇中深深點頭：

「各種可能都有，只是我們不知道而已。」

「不過，」紀宇中安靜的接說：「也可能是『魅仔』已將牠這回想要修練的練成功，自然就走了。」

景香哈哈大笑：

「所以這『魅仔』還是你們男人的元神，三不五時得要『採陰』補陽，修修自己的性能力?!」

「末世，怪力亂神者眾。」

紀宇中接說，顯得十分審慎：

「也可能是葉明美的時間到了。換另個方式來看，這一切緣起會不會反倒是為了促成葉明美以肉身來廣澤佈施，自體同時也在作修行，那『魅仔』只是促成此的機緣。」

悚然震驚中景香只能回應：

「這想法也太奇特了吧！」

「換個方式想如何？妳記不記得我有個『看得到』的友人，曾說過『巢』這樣的形式？」

景香連連點頭：

「這麼特別的附身方式，怎麼可能忘掉。」

「是啊！有人有特異的狀況，可以讓伊們，一群『魅仔』或什麼來駐，像倦鳥回來巢裡暫時休止。這個『人』被當容器，可以讓伊們一群來來去去的進出，某個意義上來說，也在作佈施。」

「佈施？」

「嗯！這個來進駐一下，另個也來，那個暫時離開一下。也可以同時好多個進進出出，不也是一種肉身佈施。」

景香作了個難以置信的表情。

「葉明美則是另種佈施，同樣的當容器，只不過讓著進駐的不是『魅仔』或什麼，而是人，基本上是男人。這個來，另個也來，那個暫時離開一下，也是一種肉身佈施。」

「也可以同時好多個男人進進出出，不是嗎？」景香仍帶著酸意。

紀宇中微微笑了一下，沒多作辯白。

「我有一個問題。」景香想了有一下才問：「就算他、她們在作佈施。那麼，來進駐的不管是『魅仔』、或是男人，伊們，『魅仔』與男人，把這人、女人、這容器，當作什麼？這樣來來去去進進出出，也不管對方願不願意、受得了受不了，可有一點尊重？」

「所以才叫佈施。」
紀宇中不曾被說服，篤定的說。
然後，相當突然的，附向景香耳邊極其神祕的說：
「妳以為被附身的只有葉明美嗎？妳有沒有想過我們在某種程度上都可能被附身，只是我們自己不自知罷了！」
驚訝中，景香本能的身體向後一傾，差一點由坐的高腳椅上跌落。
「妳能作為一個作家，書寫出一些不是屬於妳現在有的東西，妳不覺得自己在這方面，也是一種被附身。」
不再能附於耳邊說話的紀宇中接道：
「我們，在某種意義上來說，歷經的生生世世，不也是一種附身。」
景香一時不知能說什麼。然後不知怎的突然心領神會的話語由嘴中順勢便出：
「是啊！有許多時刻，我真的感到紅姨來到我內裡，我們的確是血脈相連，還不只是前世今生。」吐了一下舌頭：「這樣說好像很那個，但是真的，可是我又不以為紅姨附身在我的身上。」
「那妳母親呢？」
「母親也沒有被附身，比較像接收訊息……」

然後好似突然頓悟體會，景香飛快接說：

「能被附身的，只有紅姨，或者，還有你?!」

紀宇中不以為意，只緩緩接道：

「再說我們台灣，根本也是一個被一再附身的島嶼。」

因著距離，紀宇中放大音量，在煙霧瀰漫藍調音樂低鬱的深夜在酒吧裡，竟像說宣言一樣：

台灣，一個一再被附身的島嶼。

沉默片刻，景香總覺得必得回應些什麼，最後也只有說：

「的確，相信在歷史上都少見，有一個時期像今日的台灣，有這麼多各式各樣的東西方宗教、民間信仰、神奇祕數、靈異現象、佛、道、祕、靈異、祕術甚且各種神壇、『魅仔』等等……齊聚在這樣小小的一個島嶼上。」

紀宇中點頭附和：

「中國大陸四十年的無神論，台灣以各式宗教的多樣性、密度來說，則是整個華人世界之最。隨著前一波的『台灣經濟奇蹟』，信眾捐的大量善款，幾個重大的道場，有能力向全世界廣為傳播。」

「是啊，是啊！」景香說，然後焦慮中問出：「我們在這樣的一個小小島嶼上，可是究竟是為神靈、甚且邪魔所附？」

「妳說呢？」

景香先是搖了搖頭，稍一止息，又搖了一下頭。

「啊！要說到附身，不只是我們被附身吧！」紀宇中順遂的接下道：「像台灣這樣的島嶼，百千年來歷經荷蘭、清帝國、日本、國民黨政府所統治，每一個統治，都像是一種附身，島嶼留下被附身的印記、傷痕……

「台灣島嶼形同被一再附身。」他嚴正的說。

「島嶼被一再附身了之後會如何？」景香直覺的問。

似乎不曾朝這方面思考，紀宇中停了一下才道：

「也許還是回到『巢』這樣的形式。被一再附身的島嶼，就如同被惡靈附身的葉明美，或善靈來附的紅姨。只不過島嶼是個無盡放大的『巢』，讓我們全體人，像倦鳥回巢來此暫時休息。」

受到鼓舞似的，紀宇中確切的說：

「可以讓不管來自何處的人們，一大群又一大群，善意惡意來來去去的進出，島嶼被當容器，留下印記與傷痕，這個意義上來說，島嶼也在作佈施。」

第三部

孩子

1

這一切都來自那一朵掉落的白色茶花。

景香一直保有童小時在「雲從堂」裡對花的痴迷。來台北定居，住處一直維持各式花卉不斷。

那段時間迷上的是茶花，知曉這花一如女人，得懷胎十月方能圓滿開花。買來含苞的花樹盆栽開始自己照料，心急要及早看到花開，那白色茶花來時，已吐有三、四公分的長花苞。

住處日照不足，每天搬前搬後的要讓花樹得到更多的陽光。秋冬之際天氣變化頻繁，前一天高溫陽光普照，隔日變天吹來陣陣強風。一夜醒來待要外出搶救，最高枝頭的一枚即將展顏的花苞整朵不見，不知掉落哪裡連花屍也無覓處。

才細想那花果真嬌貴至此，可是新到的環境與晃動不已的搬遷，那白色茶花即適應不良，方無能於枝頭站穩？

景香十分懊惱，更是不幸的惡兆擾動般，難以分清的不安。

果真接到紅姨入院的消息。

離上次回「雲從堂」，已有幾個月的時日。年歲過百後的紅姨，基本上沒什麼大病痛，在一個小徒弟的照料下，行動也還略能自如，只是緩慢無力需人攙扶。

老了後瘦一大圈的紅姨，早不是一座景香以前形容的「會移動的塔」。倒是那一顆像前凸卵石的極大頭顱，幾莖雪白顏色頭髮，看來堅硬如常。雖然意識仍全然清楚，畢竟老了，耳朵不容易聽清楚，本就不多話，在「雲從堂」每天默默靜坐，看遍日出日落，不明就裡的人也只當一般老婦。

紅姨在她的老年，那上了百歲後的日子裡，有幾回抓著景香的手這樣對她說：

「活這麼老還不死，是會被人笑話的。」

紅姨壓低著聲音那樣神祕的說著，又是紅姨，景香原以為她說的會是什麼天人神鬼宇宙異界的不可告人之事，十分好奇然靜心恭敬傾聽，不料聽來的是這樣的「祕密」，一時有若踩了個空，愣怔一旁不知如何回話。

景香知道，過往的某些地方是有習俗，對被認為「該死而未死」的高壽者，一直有這樣的說法：老而不死的老人，是會吃子孫壽命的。

「老而不死」活得太老的人本來就是一種威脅，他（她）們不再有生產能力，仍繼續得吃食，吃掉的便可能是子孫賴以活命的口糧，「吃壽」只不過是轉換了的說詞。

可是當「吃飽」在島嶼已然不再是問題，老人吃壽仍成為惘惘的威脅。吃的還特別是最親近的親人的壽，最該要害怕的，就是自己至親的人了。

（無血緣關係的人，自然也吃不到壽。）

紅姨應是沒有任何子裔，吃不到最親近的親人的壽。景香知道紅姨雖一直十分寵愛著自己，但兩人畢竟沒有血緣關係，紅姨不必擔心。而在她自己一手創建的「雲從堂」，弟子們仍盡心服侍，何以還會說出這樣的話：

「活這麼老還不死，是會被人笑話的。」

景香當時不知如何答話，只有隨口說：

「老又沒病，很多人羨慕都來不及呢！」

紅姨平平看了她一眼，不曾再多說。

所以當接到紅姨入院的消息，景香最立即的反應是如釋重擔，直覺時候差不多了，紅姨大概不會再有機會抱怨「活這麼老還不死，是會被人笑話的」。然後十分的痛恨起自己。

景香立時回鹿城，趕到鄰近的一家大型綜合醫院。
病床上的紅姨插著氣管、胃管，雙眼緊閉，神情安然，雖不像一般形容的「睡著了一樣」，至少看來沒什麼痛苦。
只景香喚她，一聲又一聲，都不見任何回應，景香雙膝跪地，眼淚奔流而出。
不知是因著點滴加上各式藥物，紅姨整個身體肥腴了起來。
全身遍體皮膚變得十分光滑，適度的腫脹撫平了細紋，不見歲月痕跡，尤其紅姨本就有一身滑嫩皮膚，是因著膚色較黑遍處反而少有斑點？這回遍身被水勻勻的撐得更是光滑，還好似當真油光水滑的亮麗，那化妝品廣告最愛用的形容：緊致。
景香握住紅姨未被注射點滴插管的左手肥軟手臂，許久不願站起身。
那醫院面臨那條源長的河流，從中央山脈一直蜿蜒下來，匯聚了幾條支流，壯大了自己，到靠近入海處，河面更十分寬闊。
從紅姨所在高處的病房往外望，美麗的景致幾疑身處度假旅店。
可是這樣的美景與一定優質的空氣，必然的被大片封死的窗玻璃隔絕在外。景香很快發現，醫院是一個沒有門，或者說，極少有通向外面的門的所在。

在這樣景致絕佳的地方，同樣是一處可容幾百人的住宅，簡單想像，會有上百戶住家，面向入海的河流這面，每一戶更都一定有陽台、露台，有一道門、數道門通向外面。

然同樣可容幾百人的醫院，除了入口處的大門，及作為急診處的邊門，二樓以上，基本上沒有門對外，樓梯間通行的，也只是在室內。

醫院沒有對外的門，或者說，極少有對外的門。

封閉起來的除了對外的門，連窗戶也沒有，大片的玻璃封存，連「窗」的形樣也沒有。

醫院令景香沒來由的恐懼，因著她只消走進大門，便要明顯知覺這整棟可容幾百人的大建築物裡，不再（很少，幾乎找不到）有對外開的門。

並非擔心火災、地震，擔心災害來時無從逃離，只是意會到進入此處，即不再有對外開的門，這令她沒來由的恐懼著。那樣遭到禁閉、阻絕呼吸似的——恐懼。

而昏迷中的紅姨，高齡已然一百零四歲，何時、如何再走出這有沒對外開的門、空間俱都密閉的樓層？

童小時候，一直側著身子睡說是「要出入卡方便」的紅姨，於今被平躺的放在病床上，要如何能自由出入她自身的形體？是不是還能到外面無止無盡的雲遊——

「啊！翻個身就過了幾個時辰。」

不是說側著身子對出入形體比較方便，就算「靈」側過身起得來（「靈」是不是一樣得用手撐一下？）還能出入這密閉的空間嗎？回來時更要發現，不是翻個身，幾個時辰就過去了（一整個晚上不過只在幾個翻身之間），而是連翻身都不能。

還回得來嗎？

即便只能面對昏迷中的紅姨，景香待在醫院一整天，夜裡回到「雲從堂」，近年來替紅姨管事的妙常師姊，神思凝重的說：

「睡夢中就昏迷過去，沒什麼痛苦。」

而師父早已知道此次劫難，恐怕是離大限不遠，也已交代好該辦的事情。

景香心頭一凜，為移轉陷入的愁緒，斷斷續續的說起那無緣無故整朵掉落未開的白色茶花花苞。

妙常師姊有剎那間的遲疑，還接著說了一兩句其他的，才又回到關於白色茶花的先前話題：

「白色茶花是地母的花。」

「地母？」

「掌管地下一切的，地藏王菩薩就在她管轄下。」

啊！那白色茶花與地母如此美麗結合的意象，先讓景香揪心的感動。掉落的白色茶花，果真含帶如此機緣，是要迎回紅姨？

而要到事後，景香回到台北家中，面對著那另有花苞要開的白色茶花，突然回想先前說到茶花那妙常師姊剎那間的遲疑，神色中有若在接聽著什麼的止頓。

景香於現時的「雲從堂」常見到菊、菖蒲、金盞花蹤，還有一定是為紅姨特別滿栽的紅、白色圓仔花。景香不覺妙常師姊會是個愛花之人，以她一向只待在「雲從堂」，對那複雜的各式神神佛佛，恐怕也還有許多未盡的知識。所以當她將白色茶花牽連上地母時，景香微略訝異，甚且有不相信的念頭浮現。

如今重想起那片刻，妙常師姊剎那間的止頓與遲疑，可是在「聽」那來到的聲音，於她的耳際，訴說著那白色茶花與地母的關聯?!

景香渾身起了一陣抖顫，果真，果真那聲音到來，如此耳提面命的告知，告知那不可知的所有一切。

景香方覺得自己重回過往的「雲從堂」，紅姨與母親仍在視事的時候。

那極細薄的白色茶花重重花瓣，命薄的嬌弱，盛開千瓣萬瓣大而鋪張，俟它要枯落，不見花瓣紛飛斷續掉落，而是整朵連同花蒂掉下，偌大的一整朵花還好似聽得墮地之聲。這般聲勢轟轟烈烈的死亡，方美麗得如此令人驚心與不安？

等待著紅姨的，又是什麼?!

2

如許多年後，景香再次必得要尋到紀宇中，不免以為，這一切，豈止是因緣際會，更得是怎樣的眾緣齊聚，方成就如此。

景香雖一直心中存記著紀宇中，那未成的痴戀總是憾事，或許不自覺的不想再與他有更多關聯吧！然後，紅姨入院突然間要再找尋於他，景香多方詢問，一時居然得不出結果。有人會說：前陣子還聽說他在哪裡哪裡，可是再追蹤下去，「哪裡」永遠沒有明確的結果。

事實上他一定在，不只人在台灣，說不定就在台北，在這個首善之都兩百多萬的人口中，在某一個也許離她十分鄰近的地方。只不知缺乏了怎樣的機緣，她就是探問不出他。

就在完全不期然間，景香於一趟由「雲從堂」回台北的高鐵上，並不趕時間，只不喜歡下車後，還要在狹窄的走道上，跟在一群為笨重行李拖累慢行的人後面，景香於高鐵快到站前，連連跨越了三、四節車廂，好於更接近出口處下車。

下車後仍是人潮，只不過離月台電扶梯已十分鄰近，景香跟著人潮前行，就在近電扶梯入口處，前方併上的另一列人潮，有一張側臉……然瞬間也就上了電扶梯，只剩一個背影。

景香擠上前去，就站在那人身後，有一、兩秒的猶豫，但還是出聲：

「紀宇中。」

因著不確定、因著只是嘗試，景香聲音不大，在雜沓的車站月台，其實不容易聽清。

除非「紀宇中」這三個字對前方這個人有意義。

有極短暫的遲疑，是因為聲音太小才不確定？總之，那人回過頭來。

先是有好幾階平行前移的電扶梯，這時開始慣性的往下一階階的持續滾動，回過頭的人一隻腳已踏上往下滾動的電扶梯，此時再轉頭側身，讓他處在不平衡的動盪中。是有可能跌倒，那人如此狀況下還回頭，她心中已可以確認會是他。

果真是如此得眾裡尋他，可尋著了人又如何！景香不知怎的渾身遍處起了一陣雞皮疙瘩，那種「應驗了」卻反倒莫名的恐懼。

所幸電扶梯前前後後上上下下都站滿人，回過頭的人只身體微震顫了一下。景香擔心中看到轉過來熟悉的那張臉。

「紀宇中。」這回她大聲驚呼。

明顯的消瘦，老也是必然，但不是那種嚴重的衰老，就是年歲長，老了。他也立時認出她，沒什麼詫異，她則胡亂的一直在說著，不外「怎麼都找不到你」這類。

得有一陣子後，景香方會意，不顯訝異因為這許多年她一直不在他心中，甚且不在他的生活範疇裡。他和她不一樣，他沒在尋她，再看到她也才並不驚奇。

可是乍然再見，對著景香一再誇大叨絮：出動了所有的人脈、用了許多關係去找你……

紀宇中只沉靜的說：

「我作和尚去了。」

他不光頭也沒穿袈裟，景香安然，仍以過往的戲謔語意追問他的動向，他這才對著她說：

「妳怎麼都沒變。」他一貫的冷笑話：「妳去拉皮是不是？」

景香含著淚光看著眼前的男人，知道了什麼是恍如隔世。

得是怎樣的巧合。如果她不是提早跨越了三、四節車廂，她不會能夠在出口處就被人潮擁著去站在他身後，如果她不是坐上這班高鐵，如果她不是臨時更改行程……

她終於尋到他，並得以告訴他紅姨住院的消息。雖有「雲從堂」眾師姊，照顧的人力不缺，師姊們畢竟少在外處事，母親人遠在歐洲。景香總覺得眾人都期待「見過場面」的她拿最後的主意。幾個星期以來一如獨自面對昏迷中的紅姨，過了最始初的揪心疼痛，自己也身處迷亂之中，意識總罩著灰濛濛的一層，渾渾噩噩，所幸因而不致太過刺痛。

所以隔天，她在醫院中見到他，整個人竟有若霎然間堅持不再力道全無。

（方很簡單的瞭解到，那心神俱疲、心力交瘁，一定都從內裡出來。沒有人會說，從外在皮膚先感到心神俱疲、心力交瘁……一般的說法該是：先得是內裡有問題了，最後出現在外面上，方有「如槁木死灰」這樣貼切的形容。）

她在醫院入口處的大門不期然見到他，她正要入內，而他顯然剛探完病出來。

「妳剛去了哪裡？」

他問，語氣中明顯的擔心。

「沒有啊！」景香直直的照實回答。

「妳剛從地獄回來。」他說：「而且是十八層地獄。」

眼淚來到景香眼中。然她很快看到跟在他身旁的一個小小的孩子。

明顯的是男孩，穿著打扮，還有那樣「男孩子」的神情，但五官如此美好，大眼長睫高鼻樑小嘴，就算是個女孩，也會是個十分美麗的小女孩。

孩子不高，看來大概五、六歲，不怕生的用他那雙烏黑眸子的大眼睛平平的看著她。

「叫，叫，叫……這要叫姑姑。」紀宇中真不知要如何稱呼，弄清楚後說來相當搞笑。

景香皺了一下眉，白了他一眼，那孩子大大方方的出聲：

「姑姑。」

她知道她是真正的「姑姑」。這小小的孩子是他的兒子，有著相彷彿的神情、輪廓，只是較他好看。

景香從這小小的孩子身上看到了什麼是救贖。

「你叫什麼名字？」景香問。

小小的孩子張開嘴，嘻嘻的先自個笑了起來，露出前排幾蛀光的牙齒。好個愛笑的孩子，那霎時景香心也跟著歡笑著。

「我叫紀天成。」

景香沒什麼和孩子打交道的經驗，只有用自己以為該對待孩子的方式，老老實實的接問：

「你今年幾歲？」

孩子舉起一雙小小的手，一手五指全張開，另一手比一，說：

「六歲。」

「六歲啊！」景香笑著。「看不出來。」

「還沒滿，還沒要過生日。」紀宇中一旁插話。

「在念幼稚園啊?!」

「幼稚園大班。」

景香還來不及要找更多的話題來與這樣小的孩子搭訕，孩子眼睛一轉，不知看到什麼，突然跑離開。

「好可愛哦！都不怕生。」景香不禁對紀宇中連連說：「好像跟我很投緣。」

「妳信他，這孩子很四海，很莽。」很莽，「莽」字說的是台語，流氓的「氓」。

「六歲會很四海？跟你一樣啦！」

「我很害羞的。」

「你還害羞？」

一與他在一起，景香不能自己，回復了一直是的愛嬌。便作勢要打他，紀宇中一閃身，她看到他身後不遠處，那小小的孩子正張大著一雙烏黑眸子的大眼睛，專心致意到景香不知為何心頭閃過「痴心妄想」這樣的字眼。

孩子盯著看的是一隻停在醫院門口一叢木槿花上的蝴蝶。

並非什麼美豔的大鳳蝶，只是隻小粉蝶，小小黃色的蝶身因警覺孩子的臨近，噗噗的振翅撲飛，孩子伸出手，明知道不易捕捉因而更似只為觸摸。小黃蝶倏地翻飛走身。

那片刻，景香感到吸引孩子的並非粉蝶，而是它會飛。

往後果真，景香見識到孩子對所有會飛的東西的痴迷。

紀宇中和孩子陪景香再上樓到紅姨的病房。

紅姨仍不曾醒來。

來查房的駐院醫師在病房內，這回比較特別，還有主治醫師，那知名的心臟科權威，跟著好幾個學生，一大群穿白袍的人將病房擠得滿滿的。

那心臟科權威醫生，是紅姨多年的醫師，上年紀後紅姨一直有心臟疼痛的毛病，發作起來好似一口氣就喘不過來，遍身冷汗直流，十分驚人。求助許多醫生無效，是這權威醫生對症下藥，紅姨雖仍偶會發作，但發作完了也就過去。

心臟科權威醫生對血肉形成的心臟，有著這樣旁人沒有過的想像：

心臟裡有這樣的一條脈絡，叫筋脈，或者叫什麼其他的名字都可以，這條先進的儀器都看不到（因而被科學確定不存在）的脈絡，掌管著與心跳相關的活動。

無可證實，被列入假設。

然後時間過去，後繼的醫生遵循著這樣的「想像」，用最進步的科技開發的儀器，燒黏這條脈絡，成功的將跳到一兩百下的心跳降低到安全的數目。

「到目前為止，台灣作過最多這樣的手術、而且成功。」

「為什麼？」景香問。

「因為大型的醫院提供了不少心臟有這樣問題的老榮民。」紀宇中回答。

（那心臟科權威醫生如知道紅姨的來歷，對她胸腔內跳動了一百多年的那顆心，是否也會有特殊的興趣？

紅姨的心，是否也有著尚未知的某種脈絡，方使她有這樣特殊的能力？也使她長年來為心痛所困？）

紀宇中誠懇的請問是不是還要繼續給予紅姨積極性的治療。駐院醫師瞥了他一眼，顯得被觸犯似的，那心臟科權威醫生反倒沒什麼在意。

「我們當然要這樣作，但也多大年紀了？」權威醫生看了一下病歷：「一百零三歲……」

「一百零四歲。」景香插話：「老人要算虛歲。」

好似差那麼一歲是多麼重要、多麼了不起的一件事。

「一百零四歲。」醫生欣然的附和：「也這麼大歲數了，我們尊重家人的決定。」

景香抬眼看紀宇中，彷彿是至高無上的仲裁，一切以可以由他說了算。

（多麼好，可以這樣的依賴，可以這樣的將一切重責大任、這樣的困難決定，就交付出去、交付給他……）

是夜三人一起回「雲從堂」，景香難得的心歡著，不再低沉鬱結。熟悉的小土崙與那「載」來的「四間面大厝」、小時候住的月桂阿媽蓋的廂房，最早有的「三間面」，整個建築群讓她感到遲緩困頓的心的重再躍動。

紀宇中也指證歷歷他當年每天以黏土作佛塔神壇的角落，就在「三間面」供的那尊觀世音菩薩神像後的空地，過往種滿圓仔花的所在。

「白色圓仔花。」景香認得的說。

他們都各自找到熟悉的過往。孩子則新奇的四處漫遊，可以用手去觸摸到的一些也不放過。

「有家回的感覺真好。」景香一再叨念。

前些時候努力打探未尋獲的紀宇中，果真一直住在台北。那議長父親過世後，與養家兄弟畢竟不親，靠著總是一些舊日的關係，在北部一家專科升為大學的學校謀到一個教職。否則他在英國未曾拿到博士學位，隨著台灣經濟走下坡，人浮於事，這樣的教職還真不一定輪到他。

他一個人隻身在台北，難以照顧孩子，紀天成被託給養家一向最照顧他的小姑姑。

許久不見總是生疏，也果真不方便，景香不好探問孩子何以不在母親身邊，當然更不敢問詢關於孩子的母親是誰種種。原一再想藉著幾分玩笑就可問：

「你結婚還有孩子，怎麼都不通知一聲？」

（真「結婚」了嗎？）

「哪個女人膽敢嫁你？」

或者：

「哪個幸運的女人替你生了孩子？」

就是說不出口。喉嚨發緊，就算說得出口，聲音也一定很奇怪吧！

便只有回到孩子身上，何況又是那樣一個令人疼愛的孩子。

接下來景香思索著如何與孩子相處，遍尋不到樣本、藍圖，長年對與孩子相關的一切不著意，還真連最基本的概念都缺乏。最好的辦法是衝到書店去買一本心中認為必定會有的《學前孩子的教育》、《如何與幼童相處》這類書籍。

總之不難找到專家學者寫的幼教書籍，現代的父母親，不都也是照著書本教小孩的。

可是在鹿城，才發現連家書店都沒有。早年前往買書的「允文堂」，後來改成文具店，這次回來，不見蹤影，想必不敵大賣場的新式文具店，不知何時關了門。

景香只好回想自己的童年往事，要如法炮製。鮮明來到心頭的是母親在那「雲從堂」木質地板的矮桌上，跪坐於她身後，握住她的手，一筆一劃教寫她的名字：

景香。

「你會寫你的名字嗎？」她因而向孩子說：「寫給我看看好不好？」

孩子熟練的不知從哪立時摸出紙筆，在上面端整的寫出：

紀天

「還有一個字啊，你不是叫紀天成嗎？」

孩子沒有動。

「還要寫一個『成』啊！」

孩子突然嘻嘻的笑了起來，把筆一拋，幾分耍賴的說：

「不知道。」

景香一時不能會意，一旁的紀宇中這才插話：

「老師還沒教。」

景香愣了一下，看著白紙上「紀天」兩個字，總覺得少了什麼的心懸在半空中。便要教孩子寫最後一個「成」，好似因此才終有了「完成」。

孩子堅持不讓她教。景香第一次看到一個五歲多的孩子有如此頑強的意志行使能力，一點不輸給大人，瞄一眼紀宇中，只差沒說出口：怎麼跟你一個模樣。

「我以為學寫名字都是一起學的，三個字同時學，哪有人只會寫前面兩個字。」

她企圖激他，孩子沒有回應；她說好說歹，甚且加上心中明知不可的賄賂，要帶他去……孩子就是不從。

景香看著手中白紙上兩個筆劃配置對位美好，不似一般小孩比例大小不均的字體，不知怎的起了一陣明明是好事卻總要美中不足的傷感。

她開始玩笑的叫他「紀天」，孩子先是沒在意，知道是叫他，也照樣回應。

「紀天，紀天，紀天紀天紀天……」景香真的是著迷於這未寫完的名字，之後一逕的這樣喚他：

紀天，紀天，紀天，紀天，紀天……

孩子知道是她。

他們之間的協定，旁人沒有的。

過一陣子孩子回來「雲從堂」，什麼也沒多說的拿出紙筆，這回端整的寫上的有三個字：

紀天成。

當然是老師教會的，可是景香總要想：這回是孩子開口要老師趕快教的。所以，名字果真一個字一個字的教，便有些時候他只是「紀」，有些時候只是「紀天」，最後才是「紀天成」。

景香還是沒有那完成了的感覺，仍一直喚他：

紀天。

孩子知道是她。

他們之間的協定，旁人沒有的。

3

紀宇中與醫師討論的結果，再投藥用最後一線的抗生素療程，兩個星期後，看紅姨的反應如何，是否繼續採取積極性的治療。

景香同意，仍一得空就回「雲從堂」。深讓景香詫異的是紀宇中並非原以為不負責的父親，反倒是不上課的時間，大都會回中部陪孩子，便也常常帶著紀天成來探病。

父子之間有著一種令景香十分羨慕的親密關係，孩子也好似真能依作父親的想望在成長。

就如同對飲食十分淡薄的紀宇中，孩子也屬瘦的一類，絕不是吃速食長大的那種「胖」小孩，身高在同齡孩子中也屬矮，雖然幼稚園同學有的也高不到哪裡。

景香便無需顧慮，帶著紀天成四處吃食，吃的俱可以是薯條、蛋糕、冰淇淋這類連她平常也不敢多碰的垃圾食物。

然後真是美好的吃，炸的、甜的、糯米作的、Q的……啊！怎樣的口腹滿足，全身心被充實滿慎的舒暢，特別是在這樣悲慘的時刻裡。

紀宇中瞭解，也由著他們，多半時候他也會加入，只是吃的是速食店晚近才被強迫賣的蔬菜沙拉。

景香很快的發現，父子之間，簡直是「沒大沒小」。

有時候孩子不聽話，也並非什麼大不了的事，就是過時還不上床、功課沒作完，一貫嘻嘻笑著，就想賴皮。

「你還以為你是寵物啊——」紀宇中會對孩子這樣說：「你早就已經是流浪狗了。」

孩子知道意思，也就順從了。

孩子是一個不曾看太多電視、不會只玩「機器戰警」、不補習才藝、不……的孩子。他還是以他的手來作玩耍：畫畫、作一隻泥貓、綑綁東西打結、種一盆小紅花……一個「鄉下孩子」。

景香喜歡紀天成是這樣一個鄉下孩子，他永遠是那第一個留意到天上有月亮，開車途中注意到旁邊的欄杆上停著小鳥，停車時開門下車，會看到一株又瘦又小的木瓜樹上長著才小指頭大小的木瓜……

紀天成這樣敏鋭的「看到」讓景香驚喜，但想到紀宇中，畢竟是他的孩子，心底幽幽的不安：

「他還要『看到』什麼？」

孩子是不是能「看到」什麼？可以確定的是承繼了作父親藝術方面的才華，善於畫畫，在「雲從堂」的小矮桌上，畫這樣的圖來標示他的世界。

顯然是從古地圖來的發想，島嶼是熟悉的「蕃薯」形樣，有著較細的兩端與肥腴的中間部分，重要的是它不像現代地圖，而是以橫躺著的姿樣，處在太平洋中。島嶼還被盡其量的放大，以至於比北方的日本島都更巨大，它大到橫身躺在太平洋裡，右邊的一端幾近乎要觸及美洲大陸。

「爸爸説他到過這裡，英國。」

孩子指著圖畫紙左邊盡頭沒有畫完的歐洲，事實上只是放大的英格蘭，甚且只像要表示出倫敦。因為紀宇中到過的倫敦被孩子以整齊的LONDON幾個英文大寫字母標示，它的位置則與左方巨大的橫躺島嶼幾近乎平行。

島嶼如此的被放大，原應在圖左方的中國大陸疆土，全然不見，只有一大片從島嶼左方延伸過去的藍色浩瀚海洋，而過此藍色的海洋，是一片被標示的高山，應是喜馬拉雅山山群。而山後才又是土地，已來到歐洲。

因著中國「大陸」疆土全然不見，只成一大片海洋，島嶼方能如此巨大橫躺著伸展。

景香不直接問孩子中國哪裡去了，只笑著指著地圖提醒：

「台灣海峽哪裡去了？左邊不是還應該有個台灣海峽嗎？」

「啊～」孩子一貫的嘻嘻笑了起來，沒什麼在意的說：「忘記了。」

大陸可以不見，海峽被忘記了，景香跟著也笑了起來。

如果一切可以如此輕易?!

景香記掛著紅姨那「兩、三個星期的療程」，對外在發生的事情不多注意，只約略知道因貪腐被囚禁在牢裡的前總統，案情有了新的發展。有一天紀宇中難得氣急敗壞的帶她到鹿城一家王爺廟，為要看牆上掛著的一首籤詩。

景香對這類籤詩並不陌生。那顯然是出自乩童口中、經由桌頭寫下的籤詩，看得出來寫字的人不曾練過書法（母親當年寫得怎樣一手娟秀俊逸的毛筆字）。

順著紀宇中口中所念，景香看到籤詩這樣說：

以靜制動路自平
非法作弄必當擒
天命統帥本難為
忍辱負重家運興

「這是當年『紅衫軍』上街頭之時，總統來此求到的籤詩。」

景香也深自詫異了：

「真的還假的？」

紀宇中點頭。

新世紀選上總統的原反對黨民進黨候選人，再次連任，可是第二任任期還差一年期滿時，被指控貪腐。

（這一切如同發生在新興的朝向民主發展的國家的「定律」：原反對黨歷經種種高壓、逮捕、迫害，終抗爭成功得以選上總統，然必然的也陷入總統本人、或是親友、部屬的貪腐……）

接下來，昔日民進黨的同志聯合在野國民黨的支持者，以「反貪腐」作訴求進行街頭運動，集結了號稱有百萬人、至少數十萬人，在象徵權力中心的總統府前靜坐、以「圍城」之名發動遊行。要求總統下台，期間也有人提出「下台、特赦」這樣的條件。

總統不為所動。其時不少人為他挺得住如此排山倒海壓力的強悍意志力喝彩。

可是事實上，往後人們會發現，總統在紅衫軍上街頭之時，作了不少不為人知的動作，包括來這古老的小鎮這家並非特別長遠歷史的廟宇祭拜求籤，探訪未知的將來。

（他還到了多少其他的地方尋求指示？這些祕密的所在可會陸續曝光？）

島嶼本來就有佛、道、靈異、祕數等等長時間盛行。解嚴之後，漢傳、藏傳、南傳佛教能齊聚一地。以各式宗教的多樣性、密度來說，華人世界少有地方可比。隨著前一波的「台灣經濟奇蹟」，信眾捐的大量善款，使得幾個重大的道場，有能力向外面世界廣為傳播。

然政治面臨民主化改革後，急遽變動中的台灣社會，各式算命、風水、靈異、祕數成了全民運動。市井小民求財求平安，在位者、在野黨機關算盡，更要尋求「人算不如天算」的「天意」，還希望能藉風水、祕數加以改變。

那總統求神明指示的籤詩「以靜制動路自平，非法作弄必當擒，天命統帥本難為，忍辱負重家運興」，在當時句句都可被解釋作只要在位者「以靜制動」對待「非法作弄」的紅衫軍，則「路自平」，而對手敵人「必當擒」。更安慰總統他作為「天命統帥」本就「難為」，要他「忍辱負重」則「家運興」。

一切俱指向總統大位確保、安全無虞。總統挺住了強大的壓力，不曾答應以「下台」來換取「特赦」這樣的條件。抗議的紅衫軍也理性、和平的收場，是為島嶼至此最大的一場示威活動。

任職期滿，在野的國民黨重取回政權。而挾被壓迫者悲情當選的反對黨總統，步上所有新興民主國家反對黨總統必走的路：家族中人、妻子、子女貪腐，最後，前總統被拘下獄囚禁。

時過境遷，再回來看那「紅衫軍」上街頭之時，總統去求神明指示的籤詩：

以靜制動路自平
非法作弄必當擒
天命統帥本難為
忍辱負重家運興

（神明的神諭不準嗎？）

還是，同樣一首籤詩，現在可被解讀為完全不同的旨意：貪腐的前總統，以其權勢「非法作弄」，將其時已知的七億台幣（相傳還有更多密藏的錢、甚至上達百億）轉移海外，如此「非法作弄」，當然天網恢恢，人在作天在看「必當擒」。新選上的總統，要當在位者本來就是「天命統帥本難為」，原執政四十年的國民黨，只要「忍辱負重」、「以靜制動」對待「非法作弄」的前總統，則「路自平」、「家運興」，果真重回執政之路。

而且給予貪腐的前總統制裁。

（之前是前總統錯解了籤詩？）

「果真是籤詩因時因地，可有不同解釋。」紀宇中顯得服氣。「這是所有這類籤詩最了不起的地方。每個人都可以是事後諸葛。」

然前總統也只能私下祕密的來此求旨，所以究竟「誰」（或者什麼「魅仔」）下此籤詩，可會牽扯上政壇另一樁更大的祕聞，及連帶的陰謀？

那片刻景香沒來由的一陣陣毛骨悚然：

「啊！所以是誰下這樣的籤詩呢？」

紀宇中沒有回答。

「可是，如果有人操弄，不就形同是一種設計與陷害嗎？」景香擔憂的再問。

「妳還在被迫害的想像中。這不像過往集權高壓下可以隨意的槍斃、打壓、囚禁，前總統如果選擇不相信籤詩所言，甚至不來廟裡探問，就沒人可以設計傷害到他了，不是嗎？」

景香仍不確信的搖搖頭。

「這並不容易，我以為，作為一個人，尤其與那麼大的權力、政治相關，事關那麼多百姓的福祉，很難不來問……」

說著，不免想起紀宇中那著名的「附身」論說：

我們歷經的生生世世，都是一種附身。而台灣，百千年來歷經荷蘭、清帝國、日本、國民黨政府所統治，每一個統治，都像是一種附身，留下被附身的印記、傷痕……

有意將紀宇中一軍，景香故意道：

「你還會說我們形同被一再附身，台灣，一個被一再附身的島嶼嗎？」

紀宇中顯然並不在意，只是平平的道：

「台灣能全民選總統，是整個華人歷史上僅見；我們還能經歷前總統被關，社會不曾因此動盪不安。能有一個時期像今日的台灣，有了民主與自由，不盡完善，但至少是開始。該到了脫離過往慣有的悲情、抗爭、激情……」

然後傾身向景香，原以為他有什麼不為人知的內幕消息，生怕被外人得知，卻只聽得他故作神祕的附在耳邊道：

「就算真有人能從中操縱籤詩，前總統因此被害，他的貪腐也是不變的事實，有因本就會有果。誰假借此籤詩，有那麼重要嗎？」

然後才正色道：

「記不記得我說過島嶼如同是個無盡放大的『巢』，讓我們全體台灣人們，像倦鳥回巢來此暫時休息，就這個意義上來說，島嶼在作佈施。而接受佈施的我們，怎樣方能真正受此福報？」

景香肅然對望。

「那就是放下，學習放下，真正的就此放下。」

「可是真正的神意、神諭究竟是什麼呢？」

回程路上，想到那下此籤詩的畢竟只是一家地方上的王爺廟，並非佛、菩薩聖地下的旨意。可會是「什麼」下此籤詩？

景香不捨的繼續追問。

紀宇中不再言語，回「雲從堂」後才突然說：

「如果紅姨還在『辦事』，應該去問問她。不過，我想紅姨同樣只會像以往多次，笑而不答吧！」

「嗯！你們最愛說的，放下。」

景香點頭。

4

那年早春反常的冷，不只是料峭春寒的那種春天的冷，而是酷寒一如嚴冬。

持連的低溫，一整個星期中有好幾天在十度以下，而且每個星期低溫反覆不斷的一再到來。

這少見的嚴寒春天，終導致不只近四千公尺的玉山連下春雪，三千公尺的山脈也白了頭，從島嶼南部嘉南平原的平地上，天氣晴朗時，都可見一條高聳的雪白山頭山脈。所有的人都謂為奇觀，是為百年罕見。

臨海的鹿城，海風呼嘯，一如黑雲滿布九降風盤旋海水森冷的冬日。景香算是許久以來，重再見識鹿城的九降風，風從海邊挾帶酷寒，再穿街走巷的竟日於巷道裡盤旋。原以為風只是一陣一陣才叫風，俟那風終日嚎叫不止，便何只「九降」，而是千迴百轉永不止息了。

只有雨不畏嚴寒，挾在呼嘯盤旋的風裡，無盡纏綿連番撥弄，只是一回較一回更加酷寒瑟縮。

始終覺得衣服穿得不夠，再多的衣服都無從補足身體需要的熱氣，景香一整天手腳冰冷。帶紀天成外出時，便不敢去牽他的小手，只抓住他手腕上的衣袖處。

（啊！原來小小的孩子被教導成一離開家門，便得讓大人們牽著小手好抵禦門外車水馬龍的妖獸世界。）

等天氣稍和緩了，景香終放心去牽紀天成的手。那孩子小小的手，柔軟且輕，觸手出乎意外的溫暖，景香從不曾知道，原來孩子們有這樣一雙溫暖的小手。

她一輩子都難忘記。

較她的初吻、初次擁抱、初次作愛……都更觸體驚心。

啊！是這樣的、這樣的小、這樣的輕且柔軟、這樣的……溫暖。

這手也曾「痴心妄想」的伸向一隻停在醫院門口一叢木槿花上的蝴蝶，並非什麼美豔的大鳳蝶，只是隻小粉蝶，小小黃色的蝶身因意會到手的臨近，倏地翻飛走身。

然孩子顯然不是為要捕捉，只是為觸摸方伸出的手。

（可是觸摸到了之後呢？）

景香一開始就發現，孩子有一雙十足紀宇中的手，同樣的長手指、食指較無名指長，指頭從手掌處一路細削下來，到了指尖便顯得很細。只孩子這麼小的小手，恐怕只有作父親大手的二、三分之一，小小的手便有著一種無私的純潔。

（當然不是紀宇中撫摸過自身的手。）

那紀宇中的手必然撫摸過一個女人，這個特定的女人赤裸的胴體，他的性器進到她內裡，射出他足以綿延孕育的精液，紀天成方在那女人的子宮內孕育、成長、出生。

誰是那「一個」女人？

（不會是葉明美吧?!）

景香衷心的希望不要是她，可是又不知為何無可避免的總要以為是她！是因著對紀宇中傾心的那許多女人中，只有葉明美有如此魅惑的能力，有手段有技巧能擁有他。之於紀宇中，如不是那永不可能企及的、枕著一頭烏黑雲雲秀髮沉睡的母親，或只是那能被「魅仔」入侵的葉明美，會有機會去懷有這樣的一個孩子?!

同作為一個周圍在紀宇中身邊的女人，還是以寫作為職志，景香不知怎的恍若身處其境的總要以為，那不管是要抗拒「魅仔」入侵她身體的葉明美，還是那「魅仔」試圖進入／已然進入她陰戶裡的葉明美，她的心中不會有愛。

那入侵與進入，事實上已然占去她所有的一切，她所有的在意、關注將永遠只在與被附身相關的所在：她的陰戶。即便她的神智仍在，並非整個人都被著魔附身，她同樣的都已然被占據。

（她與紀宇中之間，因而不是愛。

被「魅仔」附身的葉明美，也才會生下孩子後，不曾陪同在孩子身邊，將孩子交給父親。）

沒有了愛，不會有愛，也不要求愛，剩下這樣一個只見一張大大開展、廣闊巨大無比的陰戶，它不要求任何回報／同時也要求所有回報，方有能力包覆入一切。

只有當與葉明美之間不是愛，紀宇中首先就斬除了彼此之間最難了斷的痴情愛意，那需得揮慧劍方能斬情絲的情愛，較性慾難克服許多，不是一直有「情關最難過」的說法！

少去情牽，那最難斷的歷練，紀宇中方能被包覆入。

（然九歲就該夭亡的紀宇中持留下來的生命，明顯已少沾染塵緣，卻又為何仍然有這骨肉親生孩子來此，來此世界為著那椿？較諸於葉明美被入侵後口口聲聲的「祕密」，這可是怎樣不可告人的祕密！）

然景香不能也不曾探問，並非不好奇，只是不覺得必要。於今，紀天成就在她身旁，只要有紀天成，絕多數時候，紀宇中也在。只奇特的是，景香發現，對紀宇中，那意亂迷情果真過去！她看著紀宇中，心意卻全只在孩子。不僅不再怦然心動，連一絲綺念臆想都不再。

景香留在鹿城的時間方才越來越長。

自從那少有機會叫阿公、人稱呼老頭家涉入一場選舉後，導至母親離開「雲從堂」，行走於正信佛教道場後，景香也少回鹿城。每次回來，都只為看望紅姨，絕大多數時間留在「雲從堂」，避免每回上街，總覺得引來身後一陣吱吱喳喳。

那一年景香已上大學，如願的考上台北的學校，名正言順的能離開「雲從堂」，最重要的，離開鹿城。

事情發生時由於是大學上課的學期中，景香也就不曾參與其中。只聽聞那極少見面的老頭家，居然由月桂阿媽陪同著到「雲從堂」來，震驚了全堂上下。紅姨一般如常的於觀世音菩薩神像前，雙手扶住神桌、閉眼入定。新摘下來的芒草、神水早準備好，母親才由堂內現身，視線始終低垂甚且不曾掃至老頭家站立處，雙眉緊皺到那光潔的前額有若一道道陰霾佇留。

除了現場的四個人，沒有人獲准留在大廳，連點香、燒金紙都不曾假原司職的師姊之手，由母親自己動手。

老頭家該是來問是否要介入鎮長選舉。鹿城對此並不訝異，但鹿城有如此眾多宮廟，老頭家何以還必得降尊紆貴的去問詢被他趕出家門的女兒？可以確知的是事先老頭家問詢的宮廟意見分歧全然相左，「北頭」那著名的三王爺乩童指令「大敗、家破人亡」，參選不得。但媽祖廟旁神準的「德聖宮」降旨「大有斬獲」。

部署多年、甚且加入國民黨打算一搏的老頭家，好不容易獲得黨的提名（過程據說花了巨大的金額才打通關節），卻半路殺出那鹿城著名士紳，富過數代且仍堪稱鹿城首富的林進士大房玄孫。

「頭洗了，剃不剃?!」

每個人都知道老頭家的難題。退選不僅對國民黨難以交代，等於中止好不容易取得的政治生命，且先前投下爭取提名的巨大金額血本無歸，要選下去，更得繼續花大筆錢。而對手實力堅強，雖以無黨籍名義參選，但在自詡文風鼎盛、自詡清流傳承的鹿城，不似台灣其他鄉鎮，眾所皆知世家背景足以一敵國民黨提名。

如若不是面臨這樣生死交關的難題，老頭家自不可能向被逐出家門的失足女兒求援。

至於那日紅姨究竟經由母親口中降下什麼指令，由於除了當事者外無一外人在場，整個鹿城便眾說紛紜了。

總之老頭家投入選戰，最後白熱化的關鍵時刻雙方陣營皆大舉買票，每票金額據說高居其時有過的買票紀錄之冠。最後結果老頭家以不到二十票之差敗選。

敗選留給老頭家的立時是，選舉時的各項支出皆來請款，清算下來，老頭家雖不曾「傾家蕩產」，據聞也相去不遠。

這場選戰成為母親離開鹿城的主因還不在此，選後清算完債務，看大半生辛苦累積的財產一夕之間敗光，老頭家受此刺激中風倒地，那一向被稱作「軟腳蝦」的月桂阿媽出乎眾人意外，接管起了家中財政，人們訝異這「恬恬吃三碗公」善攢私房錢女人這些年能有的私蓄。

不過鹿城另有傳言，所謂「私蓄」根本是老頭家授意下另存下來的財務，「狡兔藏三窟」備不時之用。否則縱橫一世的老頭家，如非睜一隻眼閉一隻眼，那容得家中一個婦道人家，存下這許多錢。

整個家族算是撐住，但謠言仍然紛傳。

一開始是原較量不過「雲從堂」的宮廟，這時齊口徑一致的指出，紅姨年老力弱，功力已大不如前，給出了「險勝」的指示，方讓老頭家繼續投入選戰。否則以老頭家這樣白手起家窮苦出身，看錢如此之重，不只是「一文錢打四個結」生怕飛了，打八個結都不止，不會只顧及黨的提名，為面子就不惜傾家蕩產。

另種說法是紅姨雖不曾「掛保證」，但也不確定會輸。是老頭家自己不願先前投入的大筆金錢「掉落水裡只聽撲通一聲」，執意要選，看能不能扳回。

即便如此，「雲從堂」陷入了前所未有的危機，如果紅姨連她桌頭的父親的重大抉擇，都給錯了方向，那麼，誰還能相信她的法力?!

這事件致使母親離開「雲從堂」，就此從鹿城消失。

母親離去後，逢年過節假期景香回的仍只有「雲從堂」，這裡畢竟是「家」，紅姨還在。月桂阿媽也會大年初一過完年，年初二即來此相聚。難怪有師姊就說，「雲從堂」簡直就像月桂阿媽的娘家，說完立覺不妥，趕快吐吐舌頭。

紅姨倒是一點不以為意，只搖晃她那顆前凸後凸的大腦袋，呵呵的笑笑，露出這一向又回復嚼檳榔後逐漸稀疏的黑牙，十足的滿心歡喜。

但畢業後，景香留在那首善之都的台北工作，回來的時間少了，有時「雲從堂」舉行大法會，或鹿城有文化活動，都只是回來參與，不曾久留。

多年不曾回來居住的鹿城，已非日常生活的場域。不會到傳統市場，那稱為「濕市仔」買菜，不會到阿桃的店買醬菜豆腐乳，不會到柑仔店買油買鹽，也不會再到「允文堂」買書買文具……

多半留下過一、兩夜，景香需要的也只是牙刷毛巾這類旅行中會需要的東西，簡單的在便利商店很快的解決，不可能到濕市仔、柑仔店去尋覓。更何況，鹿城像許多台灣鄉鎮，早開起超級市場、大賣場，要找傳統市場、雜貨店，還真需要在地人呢！

於今，留承著過往鹿城生活的印記，她和孩子（多半還有紀宇中）進入了鹿城的一般生活，他們一起到濕市仔買新鮮時蔬、到阿桃的店買醬菜豆腐乳、到宮口的市集去吃小吃、到柑仔店買日用品……

再帶回到「雲從堂」。他們是一家人，多年之後紛紛從各處重回童小的住處。而她的確是姑姑，在一起的是一個母親不知在何方的孩子，還有孩子的父親。

她、孩子、孩子的父親，他們的童小都與「雲從堂」相關，他們在此，也因此成為一家人。

景香終能體會，那前緣後果，或就是回報於孩子身上。她註定將要在「雲從堂」領著孩子一起長大，就如同當年紅姨帶她回來，在此，她終於有了一個家。

他們之間的緣分，不在她痴心妄想的要與紀宇天有一場愛戀、再去生下一個他們共同有的孩子，啊！不！他們的緣分不在此，他們只註定因為這個孩子，會有了一個不一樣的家。孩子會在他們共同擁有的、雖然時期不同的「雲從堂」的記憶上，再有他們一起共同構建出來的記憶。

她和他，還有孩子，他們的緣分在此。

除此無他。

紅姨是不是早預知、並促使了這一切？

最後一線的抗生素療程下來，兩個星期過去，肺部發炎被抑止住，但紅姨仍不曾醒來。不過現在有時她會睜開眼睛，不知是否有知覺。只不論是景香、紀宇中及「雲從堂」的弟子們如何呼喚，紅姨都不曾回應，不多久又閉上眼睛，進入昏迷中。

（或者她一直在昏迷中，睜開眼睛也只是一個反射動作?!）

沒有人作決定是否再繼續採取積極性的治療。景香知道紀宇中私心希望，以紅姨的年歲，不再投抗生素，讓紅姨以最自然的方式走完生命的最後歷程。可是，這等於替紅姨定下了生死大限。

紀宇中不肯明說，景香不願面對，最後，主醫派的駐院醫師決定繼續採取積極性的治療：紅姨都能睜開眼睛了，接下來，會有什麼進展誰都不敢說。

如果紅姨知道自己快要死了，她會怎樣呢？

紅姨住院後，近兩個月過去，長時間待在醫院裡，景香一直覺得，在醫院裡她始終不曾吸足足夠的空氣。除了遲滯的、始終覺得不曾吸足的空氣外（醫院裡怎可能讓人覺得賴以為「生」的空氣都不足，是氧氣不足？醫院裡怎可能讓人覺得缺氧？）。

當然是有中央空調來的空氣，常常是極冷的冷氣，醫院要這麼冷作啥？冷氣從冷氣口進來，但沒有門、沒有窗，始終覺得空氣不曾更換，只有一再於內部循環。

長時間在醫院裡的等待，景香會意到何以不要門、窗，是怕人自殺！醫院裡處處死亡，也本身建構著要等待死亡，可是要自己死亡，自殺？基本上又是不可能的。

所有預防死亡的方式都想到了，自己能輕易完成的方式是上吊，所以院裡不可能有可以掛上繩子的釘、鉤，掛簾子的長槓，連浴室蓮蓬頭座，都擱在近地面處，便好似只有往外縱身一跳，透過門、窗，那聯結外面的出入口，方通達死亡。

是不是在醫院裡，僅有能通達死亡的是對外的門、窗，因而必須加以封存！

紅姨要再次能出了醫院的門，是不是一定得已然過去？

進去就出不來了！

未經死亡，即無能再走出這門？

死亡就是活著從一個或數個門進去，而最後從一個門出來時，已經死了。

紅姨入院後一天又一天的等待，景香終瞭解到：

「活這麼老還不死，是會被人笑話的。」

那衰老，先是逐年，然後是逐月、逐日，接下來真的是逐分、逐秒的進行中、可以明顯感覺到的衰老，卻不曾導向死亡，年深日久後，不死，的確可以成為一個笑話。

景香終瞭解到：衰老於紅姨，是一種遲滯的等待：

等死。

不知紅姨是如何挨過了她生命中最後的時間，好多、好多、好多年……好久、好久、好久……好久後的「時間」。

難以計算、很困難等待的「時間」。

等待，即便是等死，也是一種遲滯的算計，很困難等待的「時間」。

那孩子正開始學習看時鐘，不是Digital數字的鐘，孩子能讀能寫，數字代表的時間不是問題。學習看的是傳統的那種從一到十二個阿拉伯數字的圓形、方形的鐘。

廳堂上掛著的便是這樣一個日據時代就留下的老鐘，華文寫成的「精工舍」，鐘面上印的字「SEIKOSHA」，仍不曾因時間的流逝而淡去，只外圍的木頭材質顯老舊。這老鐘不僅仍滴滴答答的繼續走（如果記得上緊發條），每半個小時敲響一下，每個整點依時間敲幾響。

景香用這百來年的老鐘教紀天成看時間。

學看「小時」當然立即就會了，他早可以從一數到一百以上，鐘面上一到十二數字難不倒他。但分與秒，就不容易正確掌控。然後很突然的，孩子看懂了分與秒，問他他也只回說：

「就看到啦！」

景香不知道他如何「看」到，一下子也不敢去追問。

景香一直不解孩子與時間的關係，比如答應帶他去玩，說的是星期五，孩子電話那頭說：

「今天星期一，明天是……我們明天去好不好？」還自作主張加上：「我可以早一點放學。」

景香只有以為，星期五對孩子一定是不知得多久的以後，很困難期待。但像「明天」這樣的時間，是可以知道：睡了一覺醒來、上完課，就會到來的。

（或者，能「看」到分與秒的紀天成，看到的是怎樣的星期一到星期五？）

臨離開鹿城前，孩子帶她去買了「水晶寶寶」，要她帶回台北養。

一包二十塊，小小的塑膠袋包裝。自從許多年前瘋狂流行養電子雞這類虛擬寵物，景香對小孩能「養」什麼，老實說一點不抱希望。

景香因此對養什麼水晶寶寶，也就不曾多加在意，回台北事忙，也忘了有這回事。直到幾天後孩子在電話中問她水晶寶寶養得如何。

還好從皮包中還找到那小塑膠袋，打開是一小撮多色的比米粒小的各色小小圓珠。電話中問紀天成怎麼養，五歲多的孩子有板有眼的詳加指導：

「找一個杯子，不要會打破的那種，要不然喝果汁的紙杯也可以。」孩子一再強調「不要打破」，顯然是老師的叮嚀，這下由他說來，老氣橫秋：「把水晶寶寶放進去、加水，就好了。」

然後一再囑咐：

「一定要每天換水，要不然會死掉。」

景香如法炮製，除了用的是一個大口大肚的雞尾酒杯，她已無需擔心「不要打破」。

只轉個身作點事，再回頭，桌上的水晶寶寶明顯的大了幾十倍，成了一顆顆紅的、藍的、綠的、橙的、粉紅色的水珠。如此神奇的在大肚杯裡耀亮的折光，真是五彩繽紛。

景香這才想起紀天成一再提醒的「要每天換水」，趕緊在已顯擁擠的杯中加入清水。水珠更快速的變大，找來一隻大白磁碗分裝，還不夠放，最後只好倒入臉盆裡注入大半盆水。

那水晶寶寶長大到小彈珠的大小，方不再長大，顆顆大水珠都是完美的圓球，還滾滾彈跳。無色透明的長得最大，但在水中則全然看不見；五彩的各色水珠稍小，在膨脹長大中，顏色逐漸轉淡。淡色的紅藍綠橙粉紅在玻璃杯中，更有一種縹緲的、夢幻的美，真像網住一缸子美夢，離奇而易碎。

待隔天下午算算紀天成從幼稚園下課，景香立即打了電話：

「水晶寶寶會長到多大？」

孩子找不到確實的大小來回答。

「每天換水就長大。」

全然無從想像，景香著急的接問：

「你說水晶寶寶會死掉，怎樣才會死掉？」

「每天換水就不會死掉啊！」孩子的回答理所當然。

她果真每天勤於換水，然心中隱隱的不安，她希望她在「雲從堂」，有紀天成在身邊，就無需每天驚心水晶寶寶會如何死掉。

「死掉會怎樣？」她終按捺不住問，電話那端沒有立即回答，太抽象了，她趕緊改口再問：「水晶寶寶死掉是什麼樣子？」

「破掉啊！」孩子回答。

她本來還想再問「怎麼破掉」，孩子已自己又加上：

「水晶寶寶還會生孩子。」

「怎樣生孩子？」

「生小顆的水晶寶寶。」

她聽到：

死亡就是破掉。

孩子的死掉意義：

破掉。

5

景香不知道孩子們可以如此「好玩」，一件簡單的東西便可連玩一陣子，永不嫌累似的。

這麼容易可以讓他快樂。

紀天成愛所有會飛的，能往上升的愛心汽球，一直是他的最愛。景香原不知道汽球如何有「愛心」，看到了後才知道就是心型汽球，那種浪漫戲劇場景裡，比如在巴黎街頭，女主角從小販手中接過，一顆顆五顏六色往上飛升的心型汽球。

景香帶他去買各種會飛的東西：灌氦氣的哆啦A夢、海綿寶寶、無敵鐵金剛……他們還買來大把的愛心汽球，一起吹氣、打氣，這樣便可放任愛心汽球四處亂飛。

那小小的孩子張大著一雙烏黑眸子的大眼睛，真正是目不轉睛的——看，景香見識到孩子對所有會飛的東西的痴迷。

專心致意到景香心頭閃過「痴心妄想」這樣的字眼，不知為何有著不祥的感覺。

景香便不肯買給他一隻大型的打氣筒，可以打氦氣。

「一不小心，把你燒起來怎麼辦？」

景香不知從哪裡得知，以為氦氣易燃。

為轉移注意和補償，景香陪他看那知名的北極熊畫本，能游泳的北極熊還套著救生圈不曾讓他感到有趣，孩子畢竟對「游泳」、「北極熊」沒有那麼多的相關闡聯會意，但當景香解釋救生圈能讓北極熊在水裡浮起來時，紀天成接著說的是：

「把救生圈灌氦氣，灌很多很多，救生圈就可以帶著北極熊飛起來，飛上天空。」

善畫畫的孩子另外便畫了另一幅灌滿氦氣的救生圈飛升上天，只不過裡面載著不是北極熊，而是一個像紅姨的老婦人，一顆前凸後凸的側面大頭顱、幾莖白髮，尤其傳神。

孩子用大把的愛心汽球將這幅畫吊飛起來，讓它飛在紅姨病房的白色天花板。

再一輪的抗生素療程，紅姨多半時間仍昏迷，但睜開眼睛的次數增多，雖然仍不知她意識是否清楚。她也開始出聲，仍緊閉著雙眼，但呼叫著什麼，一、兩個字的疊字，有不少回，聽來像喚著名字，不同的名字，重複的出現。

只不知是誰的名字，呼喚的是誰。

然大夥俱為這進展鼓舞著。

景香回「雲從堂」。

這樣的開始可以簡單到，那冷寒的春天終還是要過去，就突來了一個大晴天，陽光如此耀亮，在「雲從堂」後的小土路上，有個年齡不輕的婦人在一株樹下採摘著什麼。

婦人伸出長長企望的手，拉下不高的樹枝，那小樹也就溫順的彎下它細細的枝條。可以明顯感到這採摘為著樂趣多過真正要得到，衣著端整的婦人對那樹一點也不粗暴，輕巧的攀尋。

是一株桑椹，果實已累累，但多半青色，只有高枝上掛著紅到透黑的果子。

婦人看到景香，轉頭笑道：

「妳得過幾天再來，桑椹要紅了才能吃。」

覓。

景香會意，她尋的就是那黑透的熟果，才會站在一樹易採的青果下，還得如此尋

也才乍然想到，桑椹要紅了才能吃。這簡單的認知，帶來許久以來不曾有過的與外界連結起來的感覺，彷彿自己終不再只將自身置於灰濛濛的周遭，事物林林總總的從眼前、身旁掠過，可是都沒什麼感覺也凝聚不了意義。現在，突然之間，焦點突破重圍並再對上，外面的事物有形有樣顏色清清楚楚。

一天璀璨耀亮陽光，是的，桑椹要紅了才能吃。

稍站一會，即感到春天的盛大陽光，還真是帶來暖意。

畢竟已然春遲，晚春真已到臨。

（桑椹要紅了才能吃。那說話的婦人，怎會如此熟悉？

是紅姨?!

以這樣的形樣回來，而她是不是要在一天璀璨耀亮陽光下，突然眼前眼睛一花，就不見了？

不是紅姨？

果真是紅姨！）

遠行

1

景香在清明時節，來到了素有花都之稱的歐洲大都會。

那著名漢傳佛教，在台灣稱三大道場之一的道場，經歷了在台五十年的發展，向外延展成為一個世界性的宗教組織，全球有一百多處道場。於這歐洲大都會，還曾買下一處古堡以為據點，可見實力之一斑。

景香於極度的憂慮不安中離開台灣，前往那素有花都之稱的歐洲城市。紅姨仍然在醫院，不知何時會走完最後的旅程。可是她必得前往，行程年前早已排定，為替那花都近郊的著名道場寫一篇文章。

母親在歐洲各處雲遊，即將來此參與一場盛大的法會，希望會寫作、有一點文名的女兒能幫忙寫一篇關於海外道場法會的文章。景香當然立時答應，母親的要求等同於終於認可了她長年的努力，能為母親做任何即便是十分微小的事情，景香也覺得義不容辭。

看紅姨狀況還算穩定，醫生也無從判斷時間的早晚，景香決定還是先到歐洲，來回不過五、六天的時間，希望不至於發生太大的變化。

那花都邊緣近郊的道場，在市區南郊老舊街區，其間家具大賣場、洗車廠林立。

車子由後門進入，於剛經歷完亞熱帶島嶼繁花盛放春天的景香來說，北國的春天無疑才要開始，不大的院子鬱金香、早春的洋水仙正盛放，一株紅色茶花大開，茶花樹旁一尊露天的觀音菩薩，上有小小的亭蓋遮蔽。旅行在外，乍見到小時候在「雲從堂」一直習慣拜的觀音——

景香心中一震，合掌默拜。

短暫間隔，再次經歷又到來的另一個春天，而且方是早春，景香有著時空真可倒轉的恍惚，觀音菩薩前凝神祝禱，竟似可跳過紅姨病榻，回得紅姨尚安好時。景香心中不知怎的無慮無懼，與遠方所繫一種平安的呼應，一切似乎因此時空轉移，得有善緣善報。

進到道場內部，原是一處舊家具工廠，一條長近百公尺的長形街屋，樓層挑高，面積極大，雖改裝成道場，礙於法規只能作內部陳設。

由於從後門進入，先來到的是最後面的地藏殿，正準備清明法會，地藏王菩薩旁有好幾長列尚未加上懺主名字的紅牌位。俟法會開始，才會換上要被超度懺主的白底黑字名姓。這紅紙牌位因而還十分有著人世間的氛圍，離那另個世界尚有著距離似的。

然後感到冷，十分的冷，四月初的花都白天還十度以下，對習慣溫暖亞熱帶台灣的旅人，旅館裡還遍開暖氣。可是這沉舊、挑高敞大的道場，不見北國眾所習慣有的暖氣。

引領景香進門的一位小師父說：

「我們作早課，要手套、圍巾、帽子、外出服穿戴齊全。有一次一個信眾來，看我們這樣穿，還問我是不是正要外出呢！」

難怪母親管此叫「廣寒宮」。

有一段時間不見，母親未顯老態，歲月似乎在長年吃齋的母親身上未曾佇留，臉面上白淨的皮膚全不見斑點，形樣長尖的美好臉容也不見走樣，更不用講清麗的眉眼。

依這道場一般俗家女眾的形樣，母親留回來年輕時的包頭，將一頭雲雲秀髮在腦後梳盤起一個髮髻，也是另種蓄意老態的妝扮。然整頭秀髮仍烏黑亮麗，不見花白。雖是眾人稱道，景香記起曾聽得紅姨說過：

「頭髮該白時未見白，主一世人勞累，到死不止。」

多年以來，母親一定羨豔著那當年未曾就讀的大學、出國留學，始終引以為憾。離開「雲從堂」後，母親寄身於這人稱「正信」的漢傳佛教道場，晚近幾年，母親更行走於它的海外道場，好似為彌補當年不曾一圓出國留學之夢，景香一點也不意外。

「有人共修，總是比較容易。」母親說。

母親尋覓的，是不是始終就是回到「正道」？那她年輕的時候背離、並因而付出「代價」的所謂正道、常道。

而母親有能力作此改變，當然源自那場重大的選舉，老頭家敗選使得「雲從堂」陷入前所未有的「不靈」危機。

「雲從堂」自是出面解釋事情始末。但接下來最強有力的反擊，據說來自「雲從堂」重要人士，指證歷歷紅姨明白出示「行船走過波濤不興」這樣的顯相。依「船過水無痕」的說法，指的是一場空、會輸；但母親將「船過水無痕」旨意曲解為「會平安過渡」，才讓老頭家踩了這麼個窟窿。

理由當然不外是為報當年被趕出家門之仇。

這傳言算是化解了紅姨功力不再、「雲從堂」難再取信於人的危機。然等於坐實了母親心機如此之深、處心積慮撿到時機全然不顧情義作此致命反擊。

鹿城人們深心中本就不滿意這失足的婦人能重獲清白新生，還居然光明正大的借尪姨之口指三道四，過去礙於她傳達紅姨天語，不太敢明白得罪，這下得此良機，齊將矛頭指向「天下最毒婦人心」，而婦人一失足，「已是百年身」。

景香知道，對鹿城人們的說三道四母親或可不全然在意，但自律甚嚴的母親自詡公平待人，大概從不曾料到自己在「雲從堂」內招怨如此之深。一如她的剛強處事，本立時要斷然求去，但為紅姨阻止。

選後有感於雙方陣營彼此殺到刀刀見血，鹿城耆老頭人為求地方平靖，各處宮廟有了平安祈福法會。紅姨於「雲從堂」一次入神後徐徐說出：

母親是天上文殊菩薩身旁研墨的侍女前來投胎轉世。

是為天上文殊菩薩身旁研墨的侍女前來投胎轉世的母親，背後跟著守衛她的天兵天將下凡，卻絲毫不曾察覺，當然也不會使用。天兵天將要跟著母親來到人世時，有的在打仗中斷了胳膊、手腳，也都還來不及不曾修護，只有用麻布袋裝著斷手斷腳，扛在身上跟著母親來到了人間。

母親不知這些天兵天將，不懂得帶領，所以天兵天將一直也只有骨頭，沒有肌肉，不堪也不能使用。

直到紅姨說要幫她操練，母親不置可否。

有一天母親突然覺得全身酸痛，問紅姨是不是發生什麼事，紅姨笑著說：

「我才開始準備傢俬，汝這麼靈感，就感覺到。等我開始操練，汝會有三天三夜全身酸痛，忍耐一下。」

果真，母親全身酸痛了三天三夜，到了第三天下午時分，突然好了。紅姨說：

「剛完事呢！現在，他們有血有肉，可以供汝使喚了。」

紅姨問母親有沒有看到什麼，母親一凝神情，看到一個全身穿白色盔甲的人，連臉都是白色的，倏忽從眼前閃過。接下來，恍惚又看到一個黑色的人影一閃而過。

「不是黑色的，是藍色的，藍到接近黑。」母親仔細看清後改口。

紅姨問母親，是不是還看到別的。母親說沒有了。

紅姨說那我再催一下，母親定眼一看，沒再看到什麼，只有眼前晃過一個紅影。

紅姨只有說：

「汝就觀想有五個天兵天將可供差遣，汝一觀想，他們就會出現在汝的眼前。」

五個天兵天將，應該是照五行排列，依序是金木水火土白綠藍紅黃五色，在廟宇的神像中常見到這五種顏色的天神。

至於母親何以只能看到白色和藍色的天神，以及模糊的紅色，連紅姨都沒有辦法解釋。然紅姨這番話，給了母親讓鹿城人認為她是法力不及，「並非歹毒使壞」的機會。

焦點便又轉回老頭家，人們對工於算計的政治中人本就心存疑慮，勝選的一方不甘老頭家敗選後「小動作連連」，便放話指出，母親其實依紅姨指示將「船過水無痕」解為「會輸」，是老頭家心中放不下多年前的恩怨，怕女兒這回藉此機會藏一手故意説反話，好陷害他心願未成，報過往一箭之仇，才故意堅持己見反解「船過水無痕」為「會贏」，繼續參選。

至此，各種説法紛傳後，淪為各説各話，沒有人能確知真相為何，不再有新的話題，傳言自然也就慢慢止息。

最後餘波盪漾的居然是有其他宮廟中人，為打擊「雲從堂」，指稱紅姨其實是玩兩面手法，先將誤解過錯推給母親，好保全自己；但仍要利用她，才再出面替她解釋為功力不足。

總算指責不再，母親仍然離開「雲從堂」，就此從鹿城消失。

（看！否則怎麼會求去。）

景香再見到母親，母親已然安頓在南台灣這處頗富盛名的道場。有些出乎景香意料，母親未如眾人猜測剃度出家，反倒進了道場辦的佛學院，正規的從佛學進修著手。

擔心的是，母親留下歷年來月桂阿媽給的私蓄，偌大的一筆錢足夠景香讀書、出國留學都無虞。然母親隻身離去，帶走的恐怕也就是南下的交通費用，一如她當年回來鹿城，僅有的那一張火車票。

景香淚流滿面。

長時間以來只靠信件相報平安，母親不用電腦、電子郵件這些現代化設施，甚且少打電話。景香基本上少有機會同母親談說，許久不見，除了問安、各道近況及母親仔細交代此番要寫的文章，景香面對端然肅穆的母親，也不敢胡亂多說。

一時無語。

然後發現這在花都四月初白天十度以下，還不見開暖氣的挑高敞大的道場，除了冷就是暗，長形街屋牆共用，基本上完全不見窗子，空氣無從對流，天暖時的暖空氣也無法進入。為節約能源只靠燈光照明，道場不開放時，只有正殿佛堂有燈光。更映照得正殿供奉的釋迦牟尼佛與觀世音菩薩神奇的光耀輝映，那種黑暗中指引的神聖力量。

景香立時知道母親何以喜歡這個道場。因為它一點不像一般金碧輝煌的傳統寺廟。更大的驚喜來自上得二樓，景香看到一個極大極長的圓拱屋頂長廳。早春亮麗的陽光穿行長廳頂上覆蓋的玻璃圓拱，透過一條又一條的彎拱支架，一道道陽光揮灑進入，光耀美麗無比，特別是相對樓下一屋子黑暗中的森冷寒沁。救贖原真可以就是光。

由著母親的帶領，景香在這花都道場的二樓，流連不已。也好似才發現，除了自律甚嚴的清修，母親對於美好事物，有著較自己更敏細的直覺。兩人沿著早春亮麗的陽光從長廳頂上玻璃圓拱，揮灑下來一條又一條光耀美麗無比的春陽，相視而笑。

一切盡在不言之中。

過往一向與母親之間的橫隔，景香發現或是因著自己的成長，與母親有了對話的空間，開啟了新的發展。一時，竟感到心跳加速手心滲汗的激情緊張，倒無能於多作言語。

這長拱形大廳，修繕好要作佛堂，但上報約有三、五百人要在此法會，不曾得到使用許可。

原是一段滄桑的歷史：花都初建時，中心仍有沼澤低地需要填平，便由此地挖掘大量石塊供市區工程所需。整個地區因地下能載重基石全被掏空，只剩下泥土。加上原址設的家具工廠老舊，如果有三、五百人在此二樓集會，重量一定壓垮整棟房子。

那修繕好的玻璃圓拱大廳便被閒置，只餘下盡頭一張極大的佛陀畫像，兀自於不被使用的長廳盡頭矗立。

看來要在此弘揚佛法，好普渡眾生到彼岸，仍不敵土地的變動滄桑。為成就一個大都會的夢想而被掏空的市郊地基，果真就此無力負載來此求法的人們的重量，原就易陷的地基，如何承載未到彼岸仍沉重的力量！
而在此陷落的，會是怎樣的深淵？
（或者，為成就他者夢想的犧牲，原就是成道的第一步，端看要修的是何種法門，要成就的是何種道?!
掏空的地基，隨時提醒的，會不會方是阻止陷溺的良方。
可是，可有變動不穩中能得證怎樣的因緣?!）
便是在這基石被挖空的道場，不在騰空的二樓，而是得著實的踩在泥土地上，法會從清晨一大早開始，將有近五百個人齊聚一堂。

2

然好似為她的離去作為懲罰，景香來到這花都道場安頓下來，即接到紀宇中從鹿城打來的電話，紅姨病況出現急遽的變化，醫生發出病危通知，要家屬心裡有所準備。
接獲紀宇中電話後，母親深深的點頭，不見得特別哀傷，平平的說：

「是時候了。」

國際電話隔海翻山，長程穿越卻一如在耳際，景香仍聽出紀宇中的聲音困頓：

「到了最後的時刻，你們大家都不在身邊，只有我，我來作最後的決定。」

依景香還在台灣時，紀宇中聯絡與紅姨相關的人，同意最後時刻不要作心臟電擊、氣切這些侵入性的急救。電擊有很大機率把肋骨都擊碎了，切開氣管對有全屍觀念的老人更屬不必要。

只有等待。

等待中母親看似平靜，但十分難得的自己開口述說，景香雖萬般期待，一時反還不甚能適應，全身緊繃正襟危坐仔細聆聽。

「妳一定很想知道，我當時為什麼一定要離開『雲從堂』。」

景香乖巧的點頭，不敢說話。那牽扯的眾多恩恩怨怨，一直是景香心中最深的記掛，多年來的祕密，於今是不是終將真相大白?!

「我每天都要面對那麼多來祈求的人，會來到『雲從堂』一定有他們的困難、問題，但更多的恐怕是貪慾：『大家樂』這樣簽、求財在哪、事業怎樣旺、要生男丁。多半時候，希望紅姨在身上比劃比劃，就可以消災降福，最好報個明牌，化解所有的問題……」

母親回憶中臉容安詳。

「他們來求的時候，有求於我們，對紅姨和『雲從堂』尊崇萬分，但私底下，實在十分瞧不起，看輕我們只是一個尪姨的神壇。」

景香瞭解的點頭。

「我就說給大家，那一套前世作孽今世輪迴報應，一般人害怕，但又愛聽，至少有些約束作用。其實這些並非紅姨的原意，她基本上是不講這些的……」

景香的驚異全都寫在臉上。

「那麼，紅姨都說些什麼呢？」

「有時會有很詩意的說法，對妳這樣寫作的人，妳會喜歡的。」母親臉上有著對景香來說十分難得的笑意：「像太陽升時的顏色、會看到綠色的光；黑暗的多種刻度、可用斗來量；蓋起來的角落在東西南北那方；水分界、天分邊；瓜果跌破、小米豐收……」

「您相信她有法力嗎？」

母親只點了點頭，但並不曾接話。

景香瞭解，在這正信的道場，並不鼓勵多講求這類神通。然一陣子不見，是因著紅姨臨終，還是遠在異鄉除去了約束與障礙，景香終於第一次能脫口問出：

「那您呢？」

「我怎麼比呢！我本來以為，我只是剛好在那個時間點，幫忙傳遞出訊息。」母親溫和的說：「可是說對、作對了，有時也覺得自己法力無邊。起這樣的狂妄心，我知道是不應該的。」

母親稍候方接說：

「但多半時候，覺得力不從心。知道了，又有什麼用呢？就算一再勸阻，該來的、該發生的，多半還是來……沒有用的。」

景香憶起在中學時候開始有了更多的細察，發現雖然控制得很好不易輕顯露顏色，母親有時在高昂的感覺與陡地降下的極度失落之中，情緒也會在一下子高漲一下低落間擺盪。

便只有用清修去壓制，整個人也愈發嚴峻。

「有沒有用，是不是得到幫助，應是個人因緣福報吧！」景香只有安慰的說。

母親點頭：

「所以，也就更無需事先去探問了。」

靜默不語。

景香等待、有一會時間，沉靜。

「之後妳長大了，上大學能離家，我的責任多半盡了。紅姨當時已有那樣的規模，我離開，師姊妹們也能繼續我的工作。有一次，到南部廟裡參拜，聽大師講經，就起了繼續修行的心願。」

母親如此安然閒適，全然不曾提及那鹿城人傳言中猜忌的與老頭家、紅姨的關係，老實說使原本記掛著這一段傳說過往的景香全然出乎意料。然在那黑暗中只有佛堂光輝耀亮的道場裡，自有著一種安靜無比的平寧中，來到景香心中的是童小時候那關於央堀摩羅為修密法得殺死百人（有一說是千人），取其手指串成一圈花環的故事。

央堀摩羅在弒母或殺釋迦牟尼佛之間，決定追殺釋迦牟尼佛，而佛陀對叫祂停下的央堀摩羅說：

「我早就停了，是你還沒有停。」

景香意念回思，霎時間，有了一種舒坦的放下的釋然。

是啊！母親早就停下了，只是自己還沒有停。

景香回想起過了最早期同學的嘲笑，畢竟每一天都在「雲從堂」，開始尋求認同。青春期有相當一段時間，景香祈求自己能和紅姨一樣，也有法力，那麼，她就可以不用如此認真的去讀那些為考試必得讀的教科書，也不致被困於鹿城，能到外面廣大的世界去探索。

很快知道自己沒有這樣的能力，也不敢要求紅姨為自己訓練。景香事實上害怕如果她也能「看到」、「聽到」，她必得面對怎樣的一個世界?!

景香尤其一直害怕，那據稱跟隨著母親來到人間的天兵天將，也會斷肢殘臂，不長骨肉，而且還只能用痲布袋背著斷手斷腳。

神明也會如此不堪嗎？景香不只一次有這樣的疑問：

「那一個世界，想未如預期的美好！」

但為尋求和紅姨、母親「一樣」，景香也偷偷的在「雲從堂」私下「學」了一些「法術」，比如結手印時，告訴自己好像發密碼出去，要天兵天將協助，一定要虔誠。收回手印時，雙手放在嘴唇深吸一口氣，吸回來，表示自己願意承擔。

要畫符咒，得以筆背在符咒身上敲三下，表示自己負責。符咒無好壞，端看使用者。

但她畫的符咒始終無用，不僅對考試猜題使不上力，對感冒、肚子痛也都無效。景香抱怨連連，只落得「雲從堂」眾師姊笑話：

「不會駛船嫌溪窄，不會生育牽拖厝邊。」

老實的妙常師姊還依紅姨／母親常用的教誨安慰她：

「天地之間何處來何處去，總有定數，看在世修為。」

再加上一句：

「人要有量才有福。」

於那般心神交會的平寧時刻，景香原還想要問雲遊四海的母親，何時方會回轉她離去多年的鹿城？然不知怎的就是問不出口來。

是停下來了，然後呢？

還有然後嗎？

3

終來到了最後的抉擇。

紀宇中來電，醫院告知，如不送進加護病房、作氣切插管等侵犯性的醫療，要讓紅姨安靜的離去，兩者之間必須有所決定。

景香回想起晚年有一回紅姨主動提起不願火化，要於土地裡安眠。

「從哪裡來，就到哪裡去。」

應是以後還可以常常回來，「雲從堂」前前後後看著?!

景香泫然欲淚。曾經多少時候，她也看著年老的紅姨一個人坐著看日落，那樣彎曲的孤單削瘦身子，會是怎樣的前塵往事？

景香與母親稍略商量，三人共同決定遵循紅姨生前的決定。

深夜裡紅姨被送回「雲從堂」，一如她生前的願望，不在醫院裡往生。紀宇中讓她帶著氧氣面罩，由救護車送回「雲從堂」。

「四間面」正廳那尊木頭製的觀世音菩薩，以及各式的祭拜法器，早就用紅色的布遮蓋住。那紅布是一種深重的正紅色，材質是棉線粗織，削薄都得可透光，卻上漿一樣的挺直，一看就知道並非生活中普遍的用品。

這紅布只在喪事中使用，蓋下來如蒙上一層布罩，因為硬，不易服貼下來顯現出裡面的物件原形。

（因此更害怕，那裡面究竟蒙蔽著什麼？是不是有什麼不該被蓋住的也被蓋住了?!）

廳中早已擺著一張簡單架高的木床，紅姨被放到鋪著草蓆的木床上。

（那草蓆在死後的屍身入棺後，會被燒掉。
整個喪禮很愛用草編的草蓆，草蓆用完了後，也一定得快燒掉。
這是被認為不潔的東西。
景香一直見到這樣的喪禮過程，從小到大。）

只神奇的是，紅姨被送回「雲從堂」，拿下氧氣罩面罩，弟子為她換上準備好的壽衣，卻不曾如原先預期的不多久後即停止呼吸。這當然讓紀宇中深切的不安，而且十分不知所措著。景香可以了解他的愧疚，他一定不能不想到，如將紅姨留在醫院裡，會是一個更好、更正確的選擇。

紅姨繼續呼吸著她一手創建的「雲從堂」想必相連的氣息，而至紀宇中甚且以為紅姨藉此隨時睜開眼睛或醒過來。不曾立即離去的紅姨，便給了紀宇中支撐下去的力量，守在紅姨身邊，傳來這樣的簡訊：

是我，我沒有想到，最後是由我來做這樣的決定。看來人生的緣分自有一定的定數，迴避不了，也強求不得。

由著時差，她下午六點到夜裡十二點，正是他深夜裡十二點過後到明天日出黎明，這段一般來說人鬼交界、最困難煎熬的時間。他坐在大廳旁，守著沉重呼吸的紅姨，等待著不知會是怎樣的可能，一面透過國際電話與她談說。

道場的作息較早，晚課後眾人安置，母親陪同著守候，神情顯得有些恍惚，手邊仍繼續為將到臨的法會作準備。景香發現由於未曾出家，母親不會是誦念經文的主事者，事實上像即將舉行的水懺大型法會，會有四名法師主持。前來支援的母親，作的也只是關係信眾的一些安排瑣事，十分必須但繁雜而零碎。

感覺上與在「雲從堂」的信眾工作並沒有太大的差別。然母親不似過往那樣強勢的要表現出自身的清白、無私，這多年在這正信的道場，顯然使得母親不再防衛、防備，也無需要「證明」什麼。她整個人放下、軟化、安適自在，有著一種怡然的平和。

那片刻裡景香心思清明的體悟，她知道，就在這等待著隨時將會到來的死亡的過程中，他們三個，母親、紀宇中與她，他們雖仍然隔著數千公里，俱從來不曾有過的開啟了最封沉的深心，交融體會一如鹽溶於湯汁中。彼此之間了無祕密。

景香知道，就在這個時刻，也許一輩子之中只有這個時刻，只要願意，她終於可以開口問母親有關她的父親，而她相信母親會肯給予答案。

是的，景香知道再繼續問下去，在這特殊的時刻、遠離家鄉數千公里之外，等待著紅姨最後歸屬的到來，母親終會願意回答這問題。

她便會得到一個名字，一個男人的名字，不管姓王、姓張、姓李等等等，總之會有一個名字。再詳細點，她還可以知道那男人來自的地方：果真是中國的某一個省份？湖南、江蘇、東北，還是那一省？或者，是為「父親」的男人，根本不是外省人，而就是個在地的台灣人？

而今，這個男人在哪裡，在台灣嗎？在中國？還在台北，還是，在哪裡？

然景香知道這些都不再重要了。以後會如何她不確知，在這個片刻裡，她知道，她的父親、他來自的地方，他在哪裡並不重要，重要的是，她有兩個母親。

景香深知這將會是與紀宇中兩人之間一輩子最緊密的陪伴與依靠。她陪著他談話，多半是聽他焦慮但困頓的説著，安撫並給予慰藉。

他們之間的時差使得她的黃昏於他已是過十二點的深夜，紀宇中在這段人鬼交界、鬼魂已然開始出沒，進入鬼界最困難煎熬的時間，靠著仍身處黃昏早夜的景香相守，便有若仍在陽界時辰尚未進入鬼界的景香，持著陽界牽引的明亮力量，拉住他（是不是還有紅姨），讓他們不致向那最沉最深最黑暗的鬼界淪沒。

他坐在大廳旁，守著沉重呼吸的紅姨，等待著不知會是怎樣的可能，一面透過國際電話與她談說。而那兩人之間這長達七個小時的時間差異，成為陰陽相隔（只不過這回不是人鬼相隔、人鬼殊異），反倒是可以抗拒冥界死亡的最佳守護。

他們都在室內，也都有那新科技可以提供的視訊通話，可以清楚透過螢幕來看到彼此。可是為著某一些或許相同的理由，兩人都不曾向對方提出這樣的要求。

之於景香，她無論如何就是無法透過螢幕看到守著紅姨的紀宇中，她就是不能。只消她不曾「看到」，那遠在數千里之外正進行的，即可以不曾存在，也不會發生。不見即無有。而於紀宇中，他更不想看到景香背景的陌生異地，好來一再提醒她人不在身邊而在遙遠的異國，再來承認自己的無依。

兩人便有若相互關閉了視窗。

他們閒散的繼續聊了許多童小時候紅姨的種種，然後他說，紅姨那樣無有畏懼著與周遭的一切相處，不管是來自最黑暗的深淵、最恐怖的折磨、最至高的喜樂，於紅姨都不見分別……

他知道的、從來尚不曾說與他人聽的——

祕密。

那晚近才開始對西拉雅族的研究，一位是為他多年好友的學者，在田野調查過程中追溯出了該是紅姨未到抵鹿城前的生平。

這西拉雅族的尪姨，一步一步的被趕出她祖靈的所在地，在眾人傳述她「用牛車載一間厝」來到鹿城前，事實上在離鹿城頗有一段距離的「頂蕃婆」遭逢到重大的打擊。方才離去。

而她以如此慘烈的方式離去，在尪姨中雖不敢說是唯一、至少極為少見，也因而事蹟仍在頂蕃婆一地相傳。

漁獵為生的島嶼先住民南島民族，在漢人來此墾殖後，很快的喪失掉近海的平原土地，一步步往山區退走，遷移時他們留下無力行動的婦孺，與漢人通婚後代被通稱為西拉雅族。

是為西拉雅族的尪姨，紅姨原祭拜「阿立祖」所在的「公廨」，在她的手中被強行拆除。那以粗壯竹子為柱、芒草覆蓋為頂搭建成敞開無門的公廨，要拆除何其輕易，基本上是一個不留神，公廨已然蕩然無存。

原公廨土地為漢人霸占，改建成一處漢式宮廟的「老君廟」，水泥磚牆面積廣大，屋頂燕尾起翹、盤龍踞鳳雕樑畫棟，穩穩聳立絕難動移。為了其時從中國大陸來台的統治者要傳承「中華文化正統宗教」，老君廟祭拜的主神是太上老君，是為道教的始祖，但漢人認為太上老君神格較高足以代表阿立祖。

一尊長鬚道髻道袍的巨大太上老君神像，便矗立於正殿上，而公廨原祭拜阿立祖神瓶，只被置於太上老君的腳掌旁。

纏著紅布的神瓶只有尺多高，還不到神像腳掌大。

「阿立祖每次都來抱怨，一直聞到腳臭、腳臭味。」

尪姨入神後每傳達這樣的訊息，可是全然不被尊重。

景香隔著數千公里的遙遠距離、有意強調拉開的時差相隔，聽著紀宇中的述說，不知怎的整個時、空翻轉，好似真能回復過往置身其中。而由於能親臨，差異不再。

靜聽中突然之間來到心中一陣心領神會。

「啊！我知道了。」景香不惜打斷紀宇中的敍說，驚呼大叫出聲：「『雲從堂』那一直鎖著的房間，紅姨一定將神瓶供奉在裡面。」

「我已經將祂取出來，就放在紅姨身旁。」

紀宇中安靜的說，但仍不免有著一種故作的清寧。

公廨被強占只有寄人籬下弱勢的尪姨，在一次想舉辦夜遊出巡為族人消除災厄，與老君廟的乩童起衝突，本來只是感到不被重視、無用倦勤，說出阿立祖想雲遊四海不再長駐頂蕃婆。大概也心思可以暫時脱離如影環繞的腳臭味。

沒料到此舉正合太上老君廟委會之意：既然阿立祖自己要遠行，必然得帶著神瓶，便要將神瓶請出正殿。

那立於太上老君腳掌旁的神瓶本來有三只，兩只較高有手肘長，一只較矮，俱用紅布重重包裹，外還貼上不知畫著什麼咒語的神符。全然看不出內部究竟是什麼東西，究竟是何種瓶，因為不曾見過，被認為怪誕神密詭異。

祭拜神像的漢人尤其容不下西拉雅族居然連瓶子這種物件都拜，愈發認定能容下東西的瓶裡一定養著不知什麼魔怪，罪過邪惡萬分不潔。

更傳言有人親眼目睹那尪姨吟唱請神時眼珠咕嚕咕嚕轉動、倒在地上惡聲大叫，神靈附身後像屍體一樣的躺著，五、六個力壯男人都搬動不得。周圍的西拉雅族人哭泣流淚，表示神靈來到。

這時，尪姨切開自已的手臂以血滴入瓶內餵養……

漢人以為原讓神瓶存放太上老君的腳掌旁，是如同法力高強的老君腳踩著神瓶，鎮得住可以隨時管顧約束，不怕它為亂。現在尪姨表示阿立祖要雲遊四海，正好可以將神瓶帶走，免除後患。

出乎眾人的全然意料，那尪姨從正殿上太上老君的腳掌旁取走神瓶時，卻憤然將三只神瓶重摔於地。即便纏著紅布還貼上不知畫著什麼咒語神符的神瓶，有兩只較大的應聲破裂，碎片灑地，在場的人無不訝異的辨認出，那所謂神瓶居然只是「台灣菸酒公賣局」裝酒的瓷瓶，白色的瓶身一點也不怪異。

眾人一時愣怔住。

那尪姨摔掉至高信物的神瓶，應是一如乩童摔破供奉祭拜的神像，如此斷然的舉動豈只是一種決裂的表示，更是「從此不再」的宣誓。然三只神瓶僅有兩只破裂，另一只最小的重摔下居然完整無缺。

尪姨自己也愣住，一回神，小心拾起地上未碎的神瓶離去。

「未摔碎的最小的神瓶是當中最古老的，數百年來族人由尪姨代代相傳，神奇的是紅姨也未曾將祂摔碎。」

顯然是就正注視著請出來擺在紅姨身旁的神瓶，紀宇中語氣敬仰疼惜的說。

這藏隱的祕密便隨著紅姨以「牛車載一間厝」來到鹿城。

景香著急的問：

「當時牛車載來的一間厝，可是原祭祀的公廨？」

「照規矩來說應該不行。」紀宇中稍略沉思後方道：「但載來建公廨需要的竹子、芒草，可能性比較大。」

便在鹿城外圍被棄置的小沙崙土丘上，紅姨蓋起了第一間厝，隱匿的安置帶來的神瓶祭拜。不識字紅姨經由旁人協助，依她對內山故鄉的「雲」的發想，取了鹿城人能接受的「雲從堂」這樣漢化的名字。然後，到來了本該活不過九歲的小男孩、接下來收容了帶著三歲女兒無處可去的年輕母親……

最深的夜裡最靜寂的時刻，那沒有鑰匙打不開的房間，在那片刻，隔著數千公里重重的山海，在死亡到來的病榻前，過往的疑慮不安、猜忌驚恐於焉過去。那沒有鑰匙打不開的房間，愈發成為一種神奇的牽引。於整個時、空翻轉，差異不再，景香恍若親身來到「雲從堂」，只消鄰近緊鎖著的門外，裡內藏隱的，更形神奇玄祕，被囚禁著正強力的要求要臨身充拂。

一種充臨、到來……不同的是於今，終無需再猜疑、無有恐懼……遠離一切顛倒夢想……

回來！啊！果真是回來，回來方朝向著那無地、無水、無火、無風，不是空無邊處，不是識無邊處，不是無所有處，亦不是非想非非想處……

（啊！原來不曾離去，也更無所謂回來。）

「神瓶取出來時，轉身之間我相信我看到紅姨眼睛睜開了一下。」那夜裡臨掛斷電話前，紀宇中恭謹的說。

4

天才濛濛的亮，樓下廚房裡來幫忙的眾師姊師妹，開始忙著將要祭拜的食物，以及，當天要販賣的食品：素包子包裝準備好。所得除了可以作為道場的開支外，來參與法會的信眾也喜歡帶回家這些來自道場的食品，像祭拜過的的食物「有吃有保佑」，也是一種潔淨。

人聲鼎沸，景香隔壁房間是上下鋪，有至少六個床位，幾位留下來徹夜忙碌的師姊這才脫下廚房工作服，穿上帶來的莊重外出服，有的還薄薄上一層粉，可見心裡的慎重。

景香的感覺真像是過年般。

這些基本上來自中南半島、中國溫州的華人，看不出太大的差異。直到他們紛紛交談，廣東話、潮州話、溫州話，甚且福建話，都紛紛出籠，才感到他們出生地的不同。

簡單的華語都會說，很多人是來道場才學習華語。法師手持麥克風，與三位法師聯合誦經，景香十分驚奇的發現，絕大多數人都能跟得上以華語唱誦的經文。

下午法會結束，信徒從前面佛堂繞到後面的地藏殿，沒有手持的經文，絕大部分信眾都能跟著誦念。

他們已將經文背記於心。

法會承襲那漢傳佛教的典章制度，莊嚴曼妙法喜無邊。景香以前在台灣也曾於祖父，那人稱的老頭家過世後參加一次，整天跪拜下來體力實在不勝負荷。但看佛堂許多年紀較長的信徒，全然不見疲態，方知道信仰的力量何其大。

景香於今和同母親一起跪拜，彼此無需明言都清楚要參與法會的這一切功德，俱回向給紅姨。景香更是每一次跪、起、禮拜，都作到最極盡，恍若經由身體的盡情心力，更能彰顯虔敬，產生助力好能有助於紅姨過此關口。

便有如這一堂多人參與的盛大法會，在最巧妙的時間點上，以佛法無有邊界之願力，圓滿無缺的為紅姨盡作功德。

下午回到佛堂不禁為整個法會景象愕怔當地。

原被稱作廣寒宮的道場，因齊聚近五百人，體溫、氣息、加上誦念的念力，整個道場溫暖異常，好似齊聚這近五百個人的心念，真能改造形成另一種空間，另種異次元的動能。

參與的信徒不僅不見疲態，還臉面紅潤生輝，真正的法喜形於顏色。好似憑著這力量，真能對一切有所改變。

景香真正是深切的被感動了。

近晚時分走過廚房，靠近後門，一股冰寒冷氣灌入，匆匆聽得有人同一直從旁協助各項事宜的母親說：

「四月天氣還如此異常……」

景香以為只是冷，沒多加留意。

徹夜陪同紀宇中守夜，昏昏沉沉小睡一下，隔天早晨醒來，已經不早，偶看眼小窗外的草地上，居然一片積雪。來自溫暖的亞熱帶島嶼，景香少見下雪，加上四月天已然對雪少有預期，景香難以置信一時驚呼出聲真是十分欣喜。

問詢下方得知原來昨天法會結束就下了一點小雪，難怪母親會說四月天氣還如此異常。夜裡近黎明時，更下了一場不小的雪，於今車上、路面殘留積雪。

瑞雪是種祥兆，尤其四月雪在巴黎並不常見。雖然可以解說，是地球暖化氣候異常，景香卻深深的願意相信：

是昨天大法會後的祥瑞徵兆。

近午時分，薄薄的一層積雪還在與白日耀亮的陽光爭奪覆蓋土地的面積能力，而明顯的，積雪勢力在消退，開始不敵的露出一小處一小處地面。已是四月，綠草早探出頭面，鮮鮮的一片綠。

景香接獲紀宇中打來的電話，心有不祥，果真，紅姨剛在幾分鐘前往生。景香換算時間，是台灣的下午五點。紅姨仍來得及看著傍晚小土崙上照到「雲從堂」的一線夕照。

紅姨不曾醒過來，只平安的呼盡最後一口氣。一直也在「雲從堂」陪伴的紀天成，小小的孩子不知何時去摘來一大把圓仔花，紅紅白白兩色均有的圓仔花。孩子陪同著紅姨呼盡最後一口氣，將花放在紅姨身邊，全然不見害怕的隨意取出一枝，自自然然本該就是如此的插入紅姨身旁的「神瓶」。

紀宇中愣怔了一下，不知是否該加以阻止，就這麼一遲疑，反倒沒有動作。

「裡面有水呢！」孩子輕聲，好似對自己，但又似對著紅姨，一些也無需驚訝的說：

「有水花就會活啦！」

孩子插入瓶中的是一枝白花。

紅姨得年一百零四歲。早有準備，「雲從堂」掛上紅色布幔，上繡的層層金銀色波浪雲朵，輝映和暖的春日夕陽，一片奪目的金色光耀。

據來報的紀宇中說：

「一時，整個『雲從堂』，閃了一大片金紅色的光，好似日出一般。」

九歌文庫 1095

附身

作者	李　昂
責任編輯	陳逸華
發行人	蔡文甫
出版發行	九歌出版社有限公司 臺北市105八德路3段12巷57弄40號 電話／02-25776564・傳真／02-25789205 郵政劃撥／0112295-1
九歌文學網	www.chiuko.com.tw
印刷	晨捷印製股份有限公司
法律顧問	龍躍天律師・蕭雄淋律師・董安丹律師
初版	2011（民國100）年8月
定價	260元

書號　0101855
ISBN　978-957-444-780-0
（缺頁、破損或裝訂錯誤，請寄回本公司更換）

國家圖書館出版品預行編目資料

附身 / 李昂著. – 初版. --
臺北市：九歌, 民100.08

面； 公分. -- (九歌文庫 ; 1095)

ISBN 978-957-444-780-0(平裝)

857.7 100012304